GAMECHA

Il passato non è mai stato così diverso

di Ennio Terrasi Borghesan

Gamechanger

Un libro di Ennio Terrasi Borghesan

Copertina a cura di Oscar Frizzi

Revisione a cura di Federica Torriero

Terminato di scrivere nel mese di Agosto 2017.

© Ennio Terrasi Borghesan

Tutti i diritti riservati

The road to the Olympics, leads to no city, no country. It goes far beyond New York or Moscow, ancient Greece or Nazi Germany. The road to the Olympics leads — in the end — to the best within us.
Jesse Owens

Los de afuera son de palo.
Obdulio Varela

I have placed it in my will that my wife and my children can never, ever receive that medal from the 1972 Olympic Games.
Kenny Davis

A chiunque abbia sognato, almeno una volta nella vita, un finale diverso per una storia.

SOMMARIO

The Lord Moon of the Mall 7

Luz 21

U.S.A.I.N. 36

Blaugrana 49

Vencedores..60

Pérola Negra...71

Paul..82

"No Basket!"..95

Overseas 108

What Kind of Day Has It Been?..119

   Ringraziamenti..133

The Lord Moon of the Mall

Whitehall è sicuramente una delle strade più affascinanti di Londra.

Non ha la vivacità *hipster* di Camden Town o i colori di Portobello e del suo mercatino, ma può offrire un panorama senza eguali. Quando ti giri, puoi ammirare, secondo la direzione, il Big Ben e Trafalgar Square nello spazio di uno sguardo ed è difficile resistere alla tentazione di fermarsi e osservare l'ambiente che ti circonda: ti viene incontro, come forma di resistenza, il continuo andirivieni di gente che popola la strada a tutte le ore del giorno.

I maestosi edifici governativi, luoghi del potere britannico da secoli, si integrano armoniosamente con il continuo scorrere degli autobus e dei *commuters*.

Le poche ma caratteristiche taverne, case dei pranzi e teatri delle birre post- lavoro di chi manovra la vita di uno dei paesi più potenti del mondo, durante le ore del giorno sono più scarsamente popolate: è difficile incontrare categorie umane diverse da turisti che consumano piatti di *English Breakfast* e studenti che approfittano del Wi-Fi gratuito e di un tavolo spazioso per ripassare prima di una lezione.

Paul Stephenson era uno scrittore che amava coniugare il "vecchio" col "nuovo": se da un lato utilizzava le nuove tecnologie in modo notevolmente migliore rispetto ai suoi coetanei Millennials, dall'altro preferiva lavorare ai suoi pezzi e alle sue interviste in luoghi come la taverna di Whitehall, la sua preferita, rispetto alla sua moderna redazione "open-space", di cui disponeva.

Queste caratteristiche personali incidevano, ovviamente, sul suo modo di scrivere, e per ciò era stato definito come uno dei migliori scrittori di sport al mondo. Egli, inoltre, portava sempre con sé tre oggetti, anche quando non doveva servirsene, che solitamente utilizzava per preparare i suoi profili. Nessuna sessione di scrittura poteva iniziare senza aver posto il suo antico portamine, regalatogli dal nonno una volta trasferitosi per l'università, sopra l'orecchio, come fa un pittore: sebbene Paul combinasse, nello scrivere, l'uso di carta, penna e laptop, teneva sempre il portamine a portata di mano per disegnare delle righe sul foglio o, più semplicemente, una tabella dentro la quale racchiudere in maniera schematica le informazioni trovate per preparare il suo profilo.

Anche "carta e penna" avevano un significato profondo: quest'ultima, ad esempio, non era una semplice biro ma una splendida penna stilografica, regalatagli il giorno della laurea dal vero amore della sua vita, la bellissima Emma.

Questa penna era unica e distinguibile dai cinque cerchi olimpici quasi incisi a mano, su misura, insieme alle iniziali "P. E.". Sebbene Emma non vivesse più a Londra da cinque anni, e fosse continuamente in giro per il mondo insieme all'ONU, l'amore di Paul era sempre vivo e infinito come quel primo bacio avvenuto proprio lì, in Whitehall.

La carta, invece, apparteneva sempre al prezioso taccuino di pelle regalatogli dai suoi colleghi il giorno della prima copertina conquistata da Paul, con una splendida intervista esclusiva al campione uruguayo di calcio Diego Forlan[1]. Quella copertina e quell'intervista aveva segnato il vero punto di partenza della seconda fase della carriera di Paul, quella del "successo" editoriale: i suoi racconti sportivi e i suoi profili dei campioni contemporanei erano letti avidamente da un numero sempre più crescente, e trasversale, di persone e avevano contribuito a innalzare il genere sportivo come categoria letteraria e giornalistica di qualità.

In realtà, da piccolo, Paul non era un grandissimo appassionato di sport: alla partita del Fulham[2] a Craven Cottage con suo nonno preferiva molto spesso la lettura di romanzi particolari come quelli di George Orwell.

Col tempo, e spinto anche da suo cugino Jack, tifosissimo dell'Arsenal[3], Paul si era avvicinato sempre più al calcio,

---

[1] Diego Forlan (Montevideo, Uruguay, 19 maggio 1979) è uno dei migliori calciatori uruguayi di sempre. È stato il migliore giocatore del Mondiale 2010.
[2] Il Fulham è una delle squadre di calcio londinesi, fondata nel 1879 nell'omonimo quartiere.
[3] L'Arsenal è probabilmente il club londinese con più vittorie nella storia.

arrivando a presenziare a tutte le partite dei Gunners di Wenger[4]: la sua prima stagione da abbonato coincise, infatti, col double del 1998. L'abbonamento in questione era costato caro al nonno, che tuttavia glielo regalò per i suoi diciotto anni.

Chiunque avesse interrogato oggi Paul sulla sua fede calcistica avrebbe ricevuto in risposta, con tutta probabilità, che il più grande rimpianto della sua vita era stato il non aver potuto assistere dal vivo, quando era bambino, all'incredibile campionato vinto del 1989.

Ad esempio, i goal di Thierry Henry[5] erano stati la colonna portante della sua affermazione come giovane reporter sportivo.

Con il tempo, però, Paul aveva realizzato che la sua vera passione non erano le cronache delle partite ma le interviste e i profili speciali, nei quali faceva emergere la sua passione per la narrativa, coltivata con le letture della sua infanzia.

Detiene, insieme al Manchester United, il record di dodici vittorie in FA Cup, la storica coppa nazionale inglese.
[4] Arsene Wenger (Strasburgo, Francia, 22 ottobre 1949) è un allenatore di calcio francese. Allena l'Arsenal dal 1996. Questo lo rende uno degli allenatori più longevi della storia del calcio inglese.
[5] Thierry Henry (Les Ulis, Francia, 17 agosto 1977) è un'ex attaccante francese. Campione del Mondo nel 1998, detiene il record assoluto di gol segnati per l'Arsenal con 228.

Questo "cambio di obiettivo" aveva portato Paul ad avvicinarsi a nuovi sport come il basket e, in generale, gli sport olimpici individuali "per eccellenza" come Atletica e Nuoto: già a 24 anni ebbe la possibilità di essere inviato in Grecia per le Olimpiadi di Atene, e quelle due settimane di agosto provocarono in lui un nuovo ed impensabile amore per l'intero movimento olimpico. È come se avesse realizzato soltanto ad Atene che la sua vera passione, oltre all'Arsenal, erano proprio le Olimpiadi.

*

"*Good morning*, Mr Stephenson; il solito?" – chiese gentilmente un cameriere.

"Solo un americano oggi, devo scrivere" – rispose Paul, senza notare l'interlocutore, con l'occhio sullo schermo del computer.

Era una mattinata intensa, quella. Usain Bolt[6], il più grande velocista di tutti i tempi, aveva ufficialmente annunciato il suo ritiro al termine degli imminenti Mondiali di Atletica, che si sarebbero tenuti proprio a Londra di lì a meno di un paio di mesi.

---

[6] Usain Bolt (Sherwood Content, Giamaica, 21 agosto 1986) è un velocista giamaicano, considerato l'uomo più veloce di sempre. Ha vinto nove medaglie d'oro alle Olimpiadi tra il 2008 e il 2016.

Reduce dalla conferenza stampa, Paul si sedette nel suo angolo preferito, a rispolverare i suoi appunti passati su Bolt, poiché il Daily Telegraph gli aveva appena commissionato un profilo generale della carriera del giamaicano, da pubblicare sulla prima pagina dell'edizione domenicale.

La mente si spostò alla prima, e unica, volta in cui Paul ebbe l'opportunità di intervistare una delle icone della storia olimpica: l'incredibile magnetismo che Usain Bolt era stato in grado di esercitare durante quei quindici minuti d'intervista individuale, nel corso della preparazione per i Giochi di Londra, era rimasto dentro l'animo di Paul Stephenson come la cavalcata dell'Arsenal verso la finale di Coppa dei Campioni nel 2006.

Posizionato nel suo classico "assetto", con il portamine dietro l'orecchio destro, la mano destra che guidava la stilografica nel tratteggiare parole confuse e frasi d'effetto, la mano sinistra che faceva scorrere rapidamente l'infografica di Bolt salvata sul computer, Paul iniziò a lavorare sul suo pezzo, avvicinando l'eredità del velocista giamaicano a quella di Jesse Owens, il velocista americano che sconvolse i Giochi del Reich, Berlino 1936, conquistando quattro medaglie d'oro nei 100 e 200 metri piani, nel salto in lungo e nella staffetta 4x100 metri.

Il paragone tra i due, nel suo testo, risiedeva nella capacità di cambiare la percezione generale sulla loro disciplina, servendosi del miglior teatro sportivo possibile: quello delle Olimpiadi.

"Certo, l'impatto di Owens ebbe un'importanza che ha trasceso la semplice competizione sportiva" – scriveva nell'introdurre il paragone – "ma si può sostenere, con certezza, che sia lui sia Usain Bolt rappresentino due diverse rivoluzioni dell'atletica olimpica, ed entrambi saranno ricordati come due '*gamechanger*' della loro categoria".

Appena terminata la frase, qualcosa di strano cominciò ad accadere: il braccio destro, quello con cui teneva in mano la stilografica, iniziò a tremare, come preso da un formicolio, e Paul ebbe da subito la sensazione più strana del mondo.

Nel giro di pochissimi secondi, lui e il suo set da lavoro furono risucchiati in un vortice, e in un battito di ciglia si ritrovò catapultato in un posto a lui conosciuto ma insolito.

*

La maestosità delle due torri che dominano la spianata antistante all'Olympiastadion fu la prima cosa che Paul riuscì a notare una volta ripresosi.

Aveva già avuto modo di assistere a vari eventi, sportivi e non, tenuti all'interno dello storico stadio berlinese, ma non ci volle molto tempo prima di rendersi conto che qualcosa era diverso.

Le poche automobili, tutte d'epoca, che sfrecciavano, il continuo andirivieni di facoltosi signori diretti allo stadio in abiti per lui decisamente vintage, anche lo stadio che sembrava diverso. Tutto puntava in un'unica direzione, ad un'unica conclusione: quello non era il 2017.

L'*Olimpiche Platz*, poi, era anche collegata a un agrodolce ricordo personale che esulava dallo sport. Fu proprio lì, dopo un concerto di Bruce Springsteen, che Emma gli disse di essere stata assunta all'ONU. Lì Paul avvertì, per la prima volta, un totale senso d'incertezza e instabilità sul suo futuro, quel futuro che da sempre sognava insieme alla donna sempre amata.

Era la prima volta, da allora, che si ritrovava lì.

Incuriosito, e anche un po' spaventato, Paul cominciò a dirigersi verso lo stadio. Nel tragitto si rese conto che il suo abbigliamento era cambiato, diventando più consono al periodo in cui si trovava. Frugando nelle tasche, scoprì di aver con sé solo tre delle "sue" cose: il portamine, la stilografica e il blocco per gli appunti.

In aggiunta a tutto questo, trovò in tasca un pass stampa per accedere allo stadio, e, osservandolo, ebbe le idee più chiare. Era il 1936, erano le Olimpiadi. Passati i controlli all'entrata, si diresse verso l'area stampa giusto in tempo per la presentazione della prossima gara in programma: i 100 metri piani maschili. Per Paul le sensazioni diventarono ancora più surreali. Appena entrato dentro lo stadio si voltò subito verso la tribuna d'onore, dove poté scorgere la presenza di Hitler e dei suoi ufficiali.

Lo stupore e la meraviglia di vivere direttamente un evento fino a quel momento visto soltanto nei filmati d'epoca fecero da contraltare allo sbigottimento per quanto osservato guardando la pista.

Paul ricordava perfettamente quella finale di Jesse Owens: il velocista americano era partito dalla sesta corsia, la più vicina al pubblico, e la sua accelerata fu incontenibile per gli avversari, esattamente come quelle del Bolt dei bei tempi, come quelle osservate ai Giochi di Londra o anche al Mondiale che si era tenuto a Berlino tre anni prima.

Proprio quel vivido ricordo contribuì a rendere inspiegabile ciò che aveva appena visto: Owens, partito bene, non riuscì a imprimere l'accelerata decisiva ai 50-60 metri, finendo per arrivare in seconda posizione, battuto dall'olandese Osendarp.

L'atleta afroamericano riuscì a precedere il tedesco Borchmeyer nella lotta per la medaglia d'argento ma ciò non servì ad allentare lo sbigottimento di Paul, il quale, guardandosi intorno, notò che nessuno era ovviamente stupito da quanto accaduto.

Finita la gara, Paul si stava avviando verso l'uscita quando riemerse la sensazione di prima, quella che l'aveva catapultato fino alla Berlino del passato.

Nello spazio di pochi secondi, Paul si ritrovò seduto al suo tavolo, con tutti i suoi strumenti, come li aveva lasciati, come se il tempo non fosse mai passato.

*

"Com'è stato?"

La saggia e rassicurante barba di Tom Blauer, unita al suo odore di birra, precedeva sempre il suo arrivo ai tavoli per intrattenere i clienti del The Lord Moon of the Mall. Tutte le volte in cui non era occupato ad aiutare in cucina, Tom era sempre il primo a ricevere la comanda di Paul, ogni qualvolta questo metteva piede nel locale.

"… Come fai a sapere?" – rispose Paul, stralunato.

"Perché non sei certo il primo viaggiatore nel tempo che mi capita qui, sai?"

"Di cosa stai parlando?"

"Nei venti anni che sono qui ogni tanto passano degli scrittori con esperienze del genere, di viaggi nel tempo, a eventi storici di cui poi scrivono."

"Ma… perché?"

"Guarda Paul, so che in molti hanno sfruttato l'occasione per poterci scrivere dei libri particolarmente interessanti. Col tempo, parlando con loro, sono anche riuscito a capire come facevano ad andare nel passato e tornare da lì".

"Come, scusami?"

"Parlando con loro, siamo giunti alla conclusione che tutti i viaggi nascevano da una parola ben precisa che questi scrivevano nei loro testi, usandola in maniera coerente col testo. Avevi con te un blocco appunti prima di 'partire'?"

"Sì, eccolo qui" – disse Paul, porgendo il suo prezioso taccuino non senza ritrosia, giacché solitamente non lo lasciava toccare a nessuno.

"Mm…" – Tom mugugnò leggendo rapidamente le pagine – "Ecco qui. Perché hai usato la parola *"gamechanger"*? Di cosa stavi scrivendo?"

"Di Usain Bolt, e di come la sua *legacy* possa essere paragonata a quella di Jesse Owens".

"Ok, dove sei finito una volta andato indietro nel tempo?"

"A Berlino" – rispose Paul – "Erano le Olimpiadi del 1936, la gara dei 100 metri maschili, ma non è andata come nella realtà".

"In che senso?"

"Noi sappiamo che Jesse Owens, a quelle Olimpiadi, vinse tutte le gare che disputò, per un totale di quattro medaglie d'oro, no? Bene, io l'ho visto perdere. L'ho visto arrivare secondo con i miei occhi."

"Non mi stupisco." – ribatté Tom – "Questi viaggi nel tempo ti danno la possibilità di farti assistere a eventi storici svoltisi in maniera differente. Tutti gli scrittori, prima di te, che hanno avuto quest'opportunità, l'hanno sfruttata per raccogliere informazioni utili per i loro libri. Col tempo, sono anche riusciti a capire come 'gestire' questi loro viaggi."

"Come?"

"Hai citato la parola *'gamechanger'* prima, quella è la tua 'chiave' per entrare nel passato, ammesso che sia usata in maniera organica al testo che stai scrivendo e non casualmente; per tornare al presente ti basterà sempre usare la seguente frase, in chiusura del tuo pezzo: *The Game is Changed*. Sappi comunque che, mentre sei via, nel presente il tempo non andrà avanti: tornerai qui allo stesso momento in cui eri prima di partire."

*

Pagato il conto e finito il caffè, ormai tiepido, Paul uscì dalla taverna e già il buio della sera cominciava a dominare il cielo di Londra. Nonostante fosse riuscito a terminare in tempo il pezzo su Bolt, era difficile per lui resistere alla tentazione di pensare a ciò che aveva appena vissuto.

Fidandosi delle parole di Tom –in effetti Paul non aveva alcun motivo per dubitarne– l'opportunità di viaggiare nel tempo poteva rivelarsi, neanche a dirlo, un *Gamechanger* della sua carriera: vivere in prima persona una differente epoca storica gli avrebbe consentito, in maniera migliore rispetto a qualsiasi testo scritto, di raccogliere del materiale più unico che raro.

Nonostante non fosse mai stato un tipo particolarmente ambizioso, o comunque bramoso di fama e successo, Paul Stephenson aveva sempre cercato, nel corso della sua breve ma intensa carriera professionale, di mettersi alla prova con qualcosa di nuovo, di diverso, di unico.

Arrivato a Trafalgar Square, decise di tornare a casa a piedi, cosa che faceva soltanto quando sentiva il bisogno di riflettere a lungo: camminare da Whitehall a Baker Street, strada dove Paul aveva trovato il suo rifugio cinque anni prima, gli richiedeva almeno 30-40 minuti, al contrario della decina scarsa che avrebbe impiegato percorrendo lo stesso tragitto in metropolitana.

Affiancando le vetrine di Regent Street e attraversando la fiumara di gente che popola Oxford Street poco dopo l'ora del tè, Paul continuò a riflettere su ciò che aveva appena vissuto: valeva la pena di buttarsi in questa avventura e rischiare così tanto?

Arrivato a casa, per prima cosa si cambiò d'abiti, anche per controllare che il viaggio nel tempo non avesse lasciato qualche segno particolare sul suo fisico asciutto e slanciato. Qualsiasi accenno di timore svanì subito appena si rese conto che quanto successo poche ore prima aveva lasciato un effetto soltanto sulla sua psiche, sulla sua mente.

*

La notte portò consiglio, e di buon mattino Paul si diresse di nuovo, come per andare a scrivere, al Lord Moon of the Mall. Fu accolto da Tom e dal suo sorriso alticcio; lo guidò immediatamente ad un tavolo defilato e isolato, così da spazzare via ogni possibile paranoia nel potersi sentire osservato.

Disposte le sue cose come al solito, Paul iniziò a preparare una sorta di *follow-up* del pezzo scritto il giorno prima su Bolt. Tutto filò per il verso giusto, ed effettivamente appena finì di scrivere "*Gamechanger*" fu catapultato, in un battito di ciglia, allo stesso punto del giorno prima, con gli stessi vestiti, nello stesso ambiente circostante.

Era tornato a Berlino, anche se con una piccola differenza: il grande orologio pubblico che era situato sul ciglio della strada non segnava più la data del 3 agosto 1936, ma del 4. Il giorno della finale del Salto in Lungo maschile.

Luz

Nell'avvicinarsi allo sport olimpico, Paul divorò letteralmente centinaia di filmati, libri, reportage. La magia dei cinque cerchi lo travolse, e nomi come quelli di Carl Lewis[7], Mark Spitz[8] e Paavo Nurmi[9] entrarono a far parte della sua mente per non uscirne più.

Contestualmente, per quella *forma mentis* ereditata dalle letture d'infanzia e dall'educazione cui fu sottoposto dai genitori, indagò a fondo quella parte extra-sportiva di ogni edizione dei Giochi. Fatti di cronaca come il *Settembre Nero* di Monaco 1972, ad esempio, colpirono la sua attenzione e lo ispirarono a cercare, sempre, un parallelismo, tra sport e 'vita intorno' in ognuna delle sue storie e in ogni suo profilo.

---

[7] Carl Lewis, alla nascita Frederick Carlton Lewis (Birmingham, Alabama, 1 luglio 1961) è un ex atleta americano, vincitore in carriera di nove medaglie d'oro Olimpiche tra Los Angeles 1984 e Atlanta 1996.
[8] Mark Spitz (Modesto, California, 10 febbraio 1950) è un ex nuotatore americano, vincitore di sette medaglie d'oro nella stessa edizione dei Giochi Olimpici (Monaco 1972): un record superato soltanto, nel 2008, dall'americano Michael Phelps.
[9] Paavo Nurmi (Turku, Finlandia, 13 giugno 1897 – Helsinki, Finlandia, 2 ottobre 1973) è stato un atleta finlandese. Considerato il primo grande mezzofondista della storia, in carriera ha vinto dodici medaglie olimpiche, di cui nove d'oro.

Ritrovatosi davanti all'entrata dell'*Olympiastadion*, fece in tempo a vedere la sua immagine riflessa su una delle finestre, e notò come il suo abbigliamento fosse identico a quello del primo viaggio nel passato. Frugando nelle sue tasche si rese conto di come anche gli oggetti ricorrenti come il portamine, la stilografica e il blocchetto per gli appunti erano con lui.

L'unica differenza, rispetto al passato, era rappresentata dal ritaglio di un quotidiano della mattina stessa, con la breve cronaca della finale dei 100 metri piani maschili. Ciò che aveva incredibilmente visto era realtà: Jesse Owens aveva perso.

La presenza del corridore da Ohio State aveva causato scalpore nella Germania Nazista, e questo non stupì Paul: la storia di Owens e del difficile avvicinamento all'Olimpiade berlinese, a giudicare dal ritaglio di cronaca che si ritrovò nella tasca del cappotto, si era svolta esattamente come la realtà che conosceva. Era solo il finale a essere diverso.

Come nel 'viaggio' precedente, Paul si ritrovò in tasca un accredito stampa, grazie al quale riuscì ad avviarsi verso lo stadio e ad evitare la calca del pubblico che si affrettava per prendere i posti migliori nel maestoso *Olympiastadion*.

Seguendo le indicazioni poste sotto i colonnati riuscì a trovare la strada per la tribuna stampa, con più difficoltà rispetto al giorno precedente.

L'atmosfera dello stadio cominciava a surriscaldarsi e non soltanto per l'arrivo, in tribuna d'onore, di Adolf Hitler: stava per iniziare l'attesissima gara di Salto in Lungo.

La lista di partenza era identica a quella della realtà: su tutti spiccavano, ovviamente, i nomi di Owens e di Luz Long, la grande speranza tedesca, per cui Hitler in persona era accorso allo stadio a fare il tifo.

Fino a quel momento la Germania, pur dominando il medagliere complessivo, non stava entusiasmando nell'atletica leggera, collezionando una serie di piazzamenti ma pochi allori, soprattutto alla luce delle aspettative della macchina organizzativa.

Carl Ludwig Long, detto Luz, fisicamente era un esempio perfetto di quella 'razza ariana' propagandata dal partito Nazista: alto, biondo, fisicamente impostato e slanciato, sorriso smagliante e carismatico.

Non erano, però, le doti fisiche a renderlo candidato a una medaglia d'oro: dopo un bronzo agli Europei due anni prima, a soli ventuno anni, si era reso protagonista di un miglioramento costante ed impressionante, che l'aveva portato a stabilire il record Europeo nel Salto in Lungo e a raggiungere misure avvicinabili e paragonabili a quelle di Owens.

Preso posto in tribuna stampa, Paul poté osservare come, nonostante il tifo fosse chiaramente dalla parte di Long, il pubblico allo stadio tendeva a essere abbastanza rispettoso di tutti i concorrenti, anche di Owens.

Tra i due grandi duellanti il primo a saltare fu Long, che staccò lasciando abbondante margine in pedana, mettendo a segno un buon salto dalla misura di 7 metri e 54 centimetri, poco distante dalla misura fatta registrare da Owens nelle qualificazioni (7 metri e 64). Il salto del tedesco lo collocava, momentaneamente, dietro all'outsider giapponese Tajima[10], autore di un ottimo 7 metri e 65.

Poco dopo, in pedana si presentò Owens.

L'americano aveva nelle gambe misure quasi inavvicinabili per i suoi concorrenti: l'eccezionale record del mondo stabilito un anno prima in un meeting universitario, 8 metri e 13 centimetri, sarebbe poi rimasto imbattuto per un quarto di secolo.

Nonostante ciò, la sua tecnica non era priva di difetti: spesso impiegava del tempo per prendere le misure alla pedana di gara, "limitandosi" in queste e staccando molto prima del limite che rende valido o meno il salto.

---

[10] Naoto Tajima (Osaka, Giappone, 15 agosto 1912 – Tokyo, Giappone, 4 dicembre 1990) è stato il primo uomo a raggiungere i 16 metri nel Salto Triplo, misura che gli valse la medaglia d'oro nella categoria alle stesse Olimpiadi di Berlino.

La sua prima prestazione rispecchiò in pieno questa sua caratteristica, ma a differenza delle qualificazioni, in cui l'atleta si era aggiudicato la finale soltanto all'ultimo tentativo dopo due salti nulli, già il primo di questi valse una misura di tutto rispetto: 7 metri e 74 centimetri, grazie ai quali si portò in testa.

Mentre Paul prendeva appunti, scorse alla sua destra un uomo minuto ed elegante, intento a raccogliere note sulla gara con una penna stilografica che gli sembrò da subito familiare.

Frugò brevemente nelle sue tasche e afferrò la sua penna, avendo avuto l'impressione, immediatamente confermata, che le due penne fossero uguali.

*

Londra, a luglio, è una città dal caldo avvolgente.

L'afa, l'umidità, ti circonda e tende a non lasciarti scampo; l'eventuale arrivo di un acquazzone può essere solo un interludio, una momentanea pausa rinfrescante nell'attesa del ritorno del caldo opprimente.

Il 26 luglio 2012 Londra stava vivendo la grande attesa della trentesima edizione dei Giochi Olimpici: la città, ormai vestita a festa da settimane, era pronta ad accogliere le tanto attese Olimpiadi, sognate sin dal terribile 7 luglio 2005[11].

Aspettando nell'area arrivi dell'Aeroporto di Heathrow, Paul Stephenson frugò brevemente tra le tasche, rileggendo la lettera d'accredito per la cerimonia d'apertura dei Giochi, che si sarebbe svolta il giorno dopo.

L'emozione che Paul provò nel ricevere quella lettera, che in realtà si trattava poco più che di una prassi -poiché il suo impegno per i Giochi Olimpici era già stato confermato qualche settimana prima-, fu indescrivibile.

Poter raccontare quell'evento nella propria città è un privilegio raro, e nonostante Paul aveva già avuto la fortuna di vivere le quattro edizioni precedenti delle Olimpiadi, tra estive e invernali, le tre settimane che si presentavano davanti a lui sarebbero state, senza dubbio, le più emozionanti della sua vita.

Ad arricchire il tutto vi era il motivo per cui, il giorno prima della cerimonia, stava aspettando da più di mezzora nella sala arrivi di Heathrow.

Complice il mai troppo sopportato lavoro all'ONU, per la prima volta Paul aveva la possibilità di condividere "l'emozione" dei Giochi Olimpici con Emma, in città per tutto il mese d'agosto

---

[11] Un giorno dopo aver festeggiato l'assegnazione dei Giochi Olimpici, Londra fu colpita dal più grave attacco dai tempi della seconda Guerra Mondiale: quattro terroristi si fecero esplodere all'interno di tre treni della metropolitana e un autobus, causando 52 morti e circa 700 feriti.

tra ferie e progetti da avviare prima di tornare, a fine estate, a New York.

Non appena ricevuta conferma del suo arrivo, Paul si era attivato immediatamente nel cercare di ottenere i biglietti per i migliori eventi sportivi possibili, come le gare di Bolt e Phelps, il torneo di tennis a Wimbledon o le partite di Team USA nel basket.

Emma non era una grande appassionata di sport, ma condivideva l'entusiasmo di Paul e accettava ben volentieri di andare con lui allo stadio o in un palazzetto ogni qualvolta si presentava l'occasione.

Mentre rimuginava sulla lettera d'accredito e controllava, un'altra volta, il tabellone degli arrivi che segnalava la conferma dell'atterraggio del volo proveniente da New York-JFK, le porte automatiche dell'area ritiro bagagli si aprirono, e Paul vide Emma procedere verso di lui in lontananza.

Ogni volta che la rivedeva dopo tanto tempo, in lui si confermava la consapevolezza del perché, più di dieci anni prima, s'innamorò perdutamente di lei.

Non era il suo corpo slanciato, elegante e sicuro nel procedere a prescindere dal tacco –che talvolta contribuiva a rendere Emma più alta dei *six feet*[12] di altezza di Paul- indossato.

---

[12] Nel sistema metrico sei piedi equivalgono a 1 metro e 83 centimetri.

Il "colpevole" era, ogni volta, il suo sorriso smagliante, unito all'espressività dei suoi grandi occhi verdi e alla linearità del suo viso; quel sorriso che aveva la rarissima capacità di far sentire, chiunque si trovasse alla presenza di Emma, come la persona più importante al mondo, come proprio quella con cui lei voleva interagire in quel momento della giornata.

L'amore tra Paul ed Emma non era nato all'improvviso: sebbene fossero stati compagni di Università nel Kent sin dal primo anno e nonostante avessero frequentato la maggior parte dei corsi insieme, galeotto fu un pomeriggio di maggio, quando Paul, nel cercare un luogo dove preparare l'esame di *Convergent Journalism*, dovette trovare riparo sotto un balcone a causa di un acquazzone improvviso che si abbatté sulla città di Canterbury.

Nel trovare riparo Paul si accorse per la prima volta di Emma, che si era riparata di fronte a lui, sotto un altro balcone, per cercare un ombrello nel fondo della sua borsa.

I due si scambiarono un rapido cenno d'intesa, dopo essersi riconosciuti non senza esitazioni, e quando Emma propose a Paul di ripararsi sotto il suo ombrello lui non ci pensò due volte, ed entrambi si diressero verso il bar più vicino, dove per un po' evitarono la pioggia e si scaldarono con un caffè bollente.

"Ciao!" – esclamò affettuosamente Emma, insieme a un cenno di saluto con la mano, non appena si trovò a pochi passi da Paul.

Paul non rispose a voce, e piuttosto accennò una corsa incontro a lei per abbracciarla.

"È da tanto che aspetti?" – disse Emma – "Abbiamo girato a lungo sopra l'aeroporto".

"Ma tranquilla, ero comunque arrivato prima in aeroporto, ho fatto presto con la metro!". – rispose Paul, avviandosi verso la fermata dei taxi con Emma che lo seguì a ruota.

Saliti sul taxi, e segnalata la direzione, Emma tirò fuori dalla sua borsa un pacchetto regalo ben curato e disse sorridendo: "Non potevo più aspettare, questo è per te".

"Oddio, ma cosa è?" – rispose Paul, stupito.

Emma non rispose, e gli fece cenno di aprire il pacchetto regalo, cosa che Paul fece immediatamente: si trovò davanti a una splendida penna stilografica, con impresse le iniziali "P.E.".

"Io… non so cosa dire" – disse Paul sbalordito, prima di baciare Emma.

"Pensavo che visto ciò che ti aspetterà domani, potessi avere bisogno di una nuova penna" – rispose Emma.

Paul la baciò nuovamente, e posando un braccio sulle sue spalle guardò, fuori dal finestrino, il traffico dell'autostrada.

*

Vedere una stilografica uguale alla sua sconvolse Paul, che attese un momento di pausa della gara prima di avvicinarsi al misterioso giornalista in tribuna stampa.

Nel farlo notò, poggiato sul tavolo da lavoro, un accredito a nome di "Phillip Edwards".

Speculando sul fatto che potesse trattarsi di un giornalista inglese, o quantomeno anglofono, Paul si fece avanti con più coraggio e si presentò.

"Salve, è libera la postazione accanto a lei?" – disse.

"Sì, certo, si accomodi pure." – rispose Edwards.

Paul si sedette, disponendo sul piano di lavoro il suo materiale al completo ad eccezione della penna, che ripose in tasca.

"Ha una bella penna, molto elegante." – disse al suo vicino di posto – "Non potrebbe prestarmela?"

Phillip Edwards gli allungò gentilmente la sua stilografica di riserva, anche questa identica alla penna di Paul, anche questa con le iniziali "P.E." incise sul bordo.

"Ne ho tre copie" – disse Edwards – "Così sono pronto a far fronte anche a questi inconvenienti!"

Nel frattempo, la gara di Salto in Lungo andò avanti, con Tajima che risultò nullo sul secondo salto. Era giunto il turno di Luz Long.

"Farà una gran misura, lo vedo ben impostato sulla rincorsa" – disse Edwards, travolto dalle ovazioni del pubblico di casa.

E, in effetti, Long non deluse: con un grande salto, che lasciò anche margine di miglioramento sulla pedana, pareggiò la misura stabilita da Owens con 7 metri e 74.

Il pubblico andò in visibilio, e anche Hitler applaudì con entusiasmo. Owens, a quel punto, decise di presentarsi immediatamente sulla pedana.

Paul sapeva, dai tanti documenti letti su quella gara, che l'atleta americano spezzò il *momentum* a favore del tedesco facendo seguire, al salto "del pareggio" di Long, uno straordinario balzo a 7 metri e 87.

La sua rincorsa fu simile a quella del primo turno, forse anche più energica, con Owens che staccò al limite della pedana compiendo un salto che sembrava essere migliore del precedente.

Il pubblico che trattenne il respiro, ma esplose in un boato di entusiasmo poco dopo: il giudice di linea aveva alzato la bandiera rossa, segnalando che il salto era nullo.

Owens, incredulo, accennò una protesta, che si placò non appena i giudici gli mostrarono l'orma del suo piede oltre la pedana.

"Non ci credo" – mormorò Paul, sbalordito per ciò che aveva visto e che non rispecchiava la verità che conosceva.

La gara proseguì, e a parte un interessante terzo salto registrato dall'italiano Arturo Mattei con 7 metri e 73, era ormai chiaro che la medaglia d'oro si sarebbe giocata tra Owens, Long e Tajima, che pareggiò la misura dei primi due al terzo turno.

Long, però, rispose al giapponese con uno strepitoso salto da 7 metri e 84: il pubblico dell'*Olympiastadion* era ormai incontenibile nel suo entusiasmo, nonostante mancassero ancora tre turni di salti, il pubblico tedesco già sognava la medaglia d'oro. Sogno che sembrava ancor più vicino dopo il terzo salto di Owens, che non andò oltre, nuovamente, i 7 metri e 74, utili comunque a consolidare la seconda posizione.

Il quarto turno fu abbastanza interlocutorio, a dire la verità: nessuno dei tre contendenti migliorò la propria misura (Owens registrò un altro nullo), e quando Tajima registrò un 7 metri e 60 al quinto turno, era ormai chiaro che il duello finale sarebbe stato tra il tedesco e l'americano.

Owens saltò per primo, e Paul pensò a come, nella "sua" realtà, il quinto salto di Jesse, da 7 metri e 94, fu il preludio al meraviglioso record olimpico da 8 metri e 06 stabilito nell'ultimo turno.

L'atleta da Ohio State corresse la postura, e fece una rincorsa decisa e più fluida, staccando entro i limiti e atterrando lontano, più lontano di quanto chiunque avesse fatto sino a quel momento della gara.

La bandiera bianca dei giudici di linea convalidò il salto, al quale poco dopo fu associata la misura di 7 metri e 87 centimetri, con qualche centimetro perso sulla misura potenziale a causa di una mano che aveva toccato il fondo sabbioso in maniera "scomposta".

"Ha realmente toccato più indietro con la mano?" si chiesero Phillip e Paul, senza trovare risposta: nel 1936, non avendo a disposizione alcun tipo di replay, non aveva poi così tanto senso rimuginare a lungo su un dubbio di valutazione.

Il quinto salto di Long fu eccellente: il tedesco volò lontano, anche se, dalla tribuna, pareva che questo fosse inferiore al precedente di Owens.

A sorpresa, invece, gli altoparlanti comunicarono una misura di 7 metri e 87 centimetri, pari al salto precedente dell'atleta americano, ma che valse a Long la conferma in prima posizione, in virtù del minor numero di salti nulli (percorso netto fino a quel momento per il tedesco, a differenza dei due salti non validi dell'americano).

Si giunse quindi all'ultimo salto, decisivo per gli esiti della gara.

Alle spalle dei due contendenti la situazione si era disegnata, con il giapponese Tajima che riuscì a contenere gli assalti di

Mattei e dell'altro tedesco Leichum, spintosi anche lui a 7 metri e 73.

Paul Stephenson aveva visto più volte la performance di Owens, di misura eccezionale per quei tempi e di tutto rispetto anche nell'era moderna. Si sforzò di pensarci un'altra volta non appena vide l'atleta americano avvicinarsi alla pedana di salto.

Il pubblico trattenne il respiro: sapeva bene, nonostante i due salti nulli, che Owens aveva in canna la misura da medaglia d'oro, misura potenzialmente irraggiungibile per un Long che avrebbe dovuto stabilire, con tutta la pressione addosso, il suo record personale, già raggiunto con il salto da 7 metri e 87 del turno precedente.

Owens prese la rincorsa, e con decisione avanzò verso la pedana. Staccò al limite, e atterrò lunghissimo, molto più in là dei salti registrati nel turno precedente.

Anche stavolta, però, la verità di Paul entrò in conflitto con ciò che stava vedendo: perché la bandiera rossa alzata dal giudice di linea, che invalidò il salto dichiarandolo nullo, chiuse, di fatto, la gara assegnando la medaglia d'oro a Luz Long, che trasformò il suo ultimo tentativo in una sorta di passerella.

Mentre vedeva attorno a lui il pubblico festeggiare e la sezione di tribuna affollata dai gerarchi nazisti stringersi la mano trionfante, si ricordò delle parole di Tom Blauer e, nel prendere appunti su ciò cui stava assistendo, scrisse sul suo taccuino: *"È tutto vero, Jesse Owens ha perso; the Game is Changed."*.

In un lampo Paul si ritrovò catapultato, nuovamente, al *The Lord Moon of the Mall*.

All'apparenza, nella dimensione presente il tempo non era passato: tutto era come Paul l'aveva lasciato prima di ritrovarsi catapultato nella Berlino del 1936.

In realtà, come avrebbe scoperto di lì a poco, era cambiato tutto.

U.S.A.I.N.

Metabolizzare ciò cui aveva appena assistito non fu facile per Paul Stephenson.

Per questo motivo decise, una volta assicuratosi di aver con sé tutte le sue cose e, soprattutto, gli appunti presi a Berlino, di saldare il conto e passeggiare per riflettere.

Dovendo ultimare il profilo su Bolt per il Telegraph, si diresse verso casa, anche per consultare in maniera approfondita tutti i suoi testi sui Giochi Olimpici.

A differenza del solito, però, Paul decise di prendere la metropolitana a Trafalgar Square, per affrettare il suo rientro: così tornò a casa in meno di quindici minuti da quando aveva lasciato il suo locale preferito.

Non appena il doppio giro di chiave sbloccò le due mandate della porta di casa, Paul accennò una corsa verso la sua libreria. Prese un paio di manuali sulla storia delle Olimpiadi e cominciò a consultarli freneticamente.

Non trovò, però, alcuna menzione rilevante della storia di Jesse Owens.

Accese il computer, e constatò che anche la pagina Wikipedia a lui dedicata lo descriveva come l'atleta che aveva registrato i famosi record del mondo nel 1935, ma che non era stato in grado di ripetersi all'Olimpiade dell'anno successivo.

Presto l'oblio si abbatté su Owens, che si arruolò per combattere per gli Stati Uniti nella Seconda Guerra Mondiale, rimanendo ucciso in battaglia durante l'invasione alleata della Sicilia nel 1943.

Questo dettaglio sconvolse Paul: perché, in realtà, era stato Long a morire in Sicilia nel 1943.

Fu quindi naturale, per lui, domandarsi del destino di Long, che grazie alla fama, ottenuta in seguito alla vittoria olimpica, fu esentato dai combattimenti militari e si limitò a compiere il suo servizio militare muovendosi da un ruolo burocratico all'altro.

Long poi si smarcò dal Nazismo, una volta crollato Hitler, e rimase nel mondo dell'atletica come allenatore e ambasciatore dello sport tedesco.

Paul rimase senza parole. La prospettiva di avere assistito al rovesciamento di una storia a lungo osservata, studiata, analizzata quasi passava in secondo piano rispetto all'essere rientrato in un presente sconvolto e stravolto.

Nel riflettere su ciò che aveva appena vissuto, passarono i minuti prima e le ore poi; soltanto nel pomeriggio Paul riuscì a rimettersi a lavorare al profilo su Usain Bolt.

Finché si trattava degli appunti raccolti e delle annotazioni scritte, il lavoro procedette abbastanza bene; la situazione però cambiò nel momento in cui Paul si connesse a internet per arricchire un paragrafo.

"Forse stavi cercando *United States Agricultural Information Network*" – quando apparse questa scritta sull'homepage di Google trasalì improvvisamente.

Dati i pochi risultati disponibili su Internet per la voce "Usain Bolt" Paul spostò la sua ricerca sulle grandi manifestazioni disputate da Bolt, da Pechino 2008 a Rio de Janeiro 2016. Ciò che si trovò davanti lo turbò ancora di più.

In quasi nessuna delle Olimpiadi disputate dopo Berlino 1936 vi era traccia, nelle sezioni relative all'atletica leggera, di grandi risultati conquistati da atleti afro-americani.

Non vi era menzione, né vi era alcun riferimento, da nessuna parte, di primatisti mondiali come Carl Lewis o Maurice Greene[13], Donovan Bailey[14] o Asafa Powell[15].

---

[13] Maurice Greene (Kansas City, Kansas, 23 luglio 1974) è stato un velocista americano, vincitore di due medaglie d'oro (100 metri, 4x100 metri) alle Olimpiadi di Sydney 2000 ed ex primatista mondiale sui 100 metri con 9''79 (1999).
[14] Donovan Bailey (Manchester, Giamaica, 16 dicembre 1967) è stato un velocista naturalizzato canadese, vincitore di due medaglie d'oro (100 metri, 4x100 metri) alle Olimpiadi di Atlanta 1996 ed ex primatista mondiale sui 100 metri con 9''84 (1996).
[15] Asafa Powell (Spanish Town, Giamaica, 23 novembre 1982) è un velocista giamaicano, vincitore di una medaglia d'oro (4x100 metri) alle

La velocità su pista, dopo il 1936, era stata quasi interamente ad appannaggio di atleti bianchi, e solo poco dopo gli anni 2000 si era sceso sotto la mitica barriera dei 10 secondi[16].

Di atleti di colore vi era traccia, ma non ad alti livelli o comunque con risultati degni di nota. Ricostruendo la storia completa Paul scoprì che, limitatamente all'atletica, dopo la Seconda Guerra Mondiale, le federazioni nazionali non avevano allargato il loro raggio d'osservazione, limitandosi a investire e scommettere su atleti bianchi.

La cosa più strana, però, è che queste variazioni erano state applicate soltanto all'atletica leggera: negli altri sport la storia era rimasta intatta, esattamente come la conosceva.

Indeciso sul da farsi, Paul chiuse il suo computer e, presi i suoi appunti su Bolt, uscì di casa, per dirigersi verso la sua redazione.

*

Carnaby Street, quel giorno, era viva come durante il periodo natalizio.

Olimpiadi di Rio de Janeiro 2016 ed ex primatista mondiale sui 100 metri con 9''72 (2008).
[16] Nella realtà, il primo uomo a scendere sotto i dieci secondi sui 100 metri piani fu l'americano Jim Hines, alle Olimpiadi di Città del Messico nel 1968.

A differenza del dicembre londinese, però, per rispettare una lunga fila indiana nel mezzo di un afoso giorno di luglio ci vuole una forza di volontà derivabile da qualcosa di speciale.

Sin dalle sue prime vittorie, Usain Bolt è sempre stato più di un fenomenale atleta: il velocista giamaicano, ovunque andasse, era in grado di attrarre a sé folle oceaniche di tifosi adoranti, pronti ad aspettare ore per una foto o un autografo.

Farsi largo tra le persone, per Paul, non fu facile; solo l'abitudine a situazioni del genere gli consentì di arrivare in tempo per l'intervista da realizzare alla vigilia dei Giochi di Londra, Olimpiadi alle quali Bolt aveva, come obiettivo, quello di bissare i trionfi di Pechino 2008.

"Mi chiamo Paul Stephenson, sono registrato per intervistare il signor Bolt" – disse Paul alle guardie del corpo che perlustravano il negozio, dopo aver sgomitato tra gli ultimi, accaniti, fan.

Non senza fatica, le maschere trovarono il suo nome sulla lista, e gli fu consentito l'accesso al locale.

"Lei è Stephenson?" – chiese Alessandra, l'addetta stampa di Bolt, una donna dal fare sbrigativo e accalorato.

"Sì" – rispose Paul.

"Ha quindici minuti, non uno di più" – controbatté, non lasciando spazio a possibili obiezioni.

I quindici minuti in realtà diventarono poco più di trenta, con buona pace dell'addetta stampa. Tutto ciò era dovuto alla vena parlante di Bolt, che si aprì a tutto tondo sulla sua carriera, sui momenti migliori e peggiori, sui sogni per il futuro.

Paul non ebbe le sensazioni uniche che provò durante l'intervista con Forlan, ma il carisma eccezionale di Bolt ebbe un effetto dirompente sulla sua aria professionale: era quasi impossibile non reagire in maniera empatica alle battute, agli scherzi e alle osservazioni quasi irriverenti del velocista giamaicano.

Finita l'intervista, ci volle del tempo per riprendersi dall'emozione, e l'ambiente caotico del negozio non aiutava. Fu così che Paul, come sempre quando aveva bisogno di un momento per sé stesso o di concentrazione, si diresse verso il suo posto preferito: il *The Lord Moon of the Mall*.

*

Arrivato in redazione Paul raggiunse rapidamente la sua scrivania e, disposti i suoi appunti sul tavolo, cercò di raggruppare le idee.

Una rapida ricerca online confermò il suo presentimento: i suoi appunti cartacei erano le uniche tracce ancora esistenti dell'esistenza di Usain Bolt.

"Chi è?" – chiese un suo collega, notando la foto di Bolt.

"Davvero non lo riconosci?" – rispose Paul, stralunato.

"Non l'ho mai visto prima d'ora… è un attore?" – controbatté.

Paul, intenzionato a isolarsi dall'ambiente attorno a lui per comprendere meglio la situazione, rispose seccato: "Sì, sì, è un attore".

La risposta e il relativo tono fecero sì che l'area attorno alla scrivania di Paul si liberò rapidamente, ma ciò non contribuì a migliorare il suo umore o la sua concentrazione.

La reazione che il suo collega ebbe alla vista della foto di Bolt, però, gli diede un'idea, quella di verificare se l'Atletica si trattava dell'unico sport ad aver vissuto questo mutamento. Bastarono pochi minuti su Google per comprendere che tutto era normale, nelle altre discipline: nessun cambiamento nella storia, nessuno sconvolgimento, tutto filava dritto.

Mentre navigava su internet, si aprì un pop-up che indicava l'arrivo di una nuova e-mail di remainder, con l'imminente scadenza del prossimo articolo da consegnare.

"Scusami, ho un vuoto di memoria… Ti ricordi per caso a cosa stessi lavorando ieri?" – chiese Paul a Steve, il suo vicino di scrivania, fino a quel momento intento a svolgere delle ricerche con le cuffie alle orecchie, quindi ignaro dello scambio avvenuto in precedenza.

"Oh, ciao Paul!" – rispose Steve – "Sì, la guida per i Mondiali di Atletica del prossimo mese."

"Ok, trovo tutto sul Cloud come al solito?" – controbatté Paul

"Certo, ovvio!"

La risposta rassicurò notevolmente Paul, poiché era solito salvare, quasi compulsivamente, ogni traccia del suo lavoro anche digitalmente: sia le bozze di articoli che qualsiasi tipo di appunto o di ricerca.

Fu così che, aperto il suo account sul Cloud di redazione, riuscì a recuperare tutto il materiale concernente il pezzo cui stava lavorando da, secondo quanto gli aveva fatto notare nel frattempo Steve, due settimane.

A prima vista, ciò che conosceva riguardo agli imminenti mondiali di Atletica di Londra era uguale alle informazioni che gli si presentavano davanti, ma non passò molto tempo prima di rendersi conto delle enormi differenze riguardanti i nomi "di punta" della manifestazione.

Il parterre era quasi totalmente *whitewashed*. L'unico riferimento a un atleta afroamericano di punta era, sorprendentemente, nel lancio del peso: si trattava di un robusto ma dal fisico torchiato lanciatore congolese di passaporto belga, detentore del record mondiale.

Per il resto, tutte le principali figure che avrebbero animato la manifestazione avevano in comune non solo il colore della pelle, ma anche la provenienza geografica: i pochi rappresentanti dal nome tradizionalmente africano erano tutti provvisti di un passaporto europeo o di una nazione del "primo mondo" e, fatta eccezione per quel pesista congo-belga, si trattava di atleti prevalentemente provenienti dai paesi dell'Africa mediterranea.

Se da un lato Paul non ebbe fatica a finire il pezzo, ben avviato e comunque d'impianto piuttosto "generico", dall'altro si chiedeva cosa avrebbe potuto farne, a quel punto, del materiale su Usain Bolt.

C'era un'idea che balenava nella mente, pur in stato embrionale: quella di costruire un profilo "distopico", alternativo, qualcosa di completamente creativo e inventato, un pezzo di colore.

Facendolo, però, sarebbe venuto meno a uno dei suoi principi cardine della sua etica giornalistica, lavorativa e personale: quello di attenersi, nello scrivere, sempre ai fatti, alla verità assoluta.

*

Se c'era una cosa di cui non si sarebbe mai stancato, era quella meravigliosa vista su Regent's Park. La prospettiva di doverci rinunciare a breve, per Paul, era insopportabile.

"Mancherà tantissimo anche a me" – disse Emma, mentre Paul continuava a guardare all'orizzonte del tramonto che si avvicinava – "Se vuoi, posso mettere una buona parola per te con il proprietario".

"Non potrei mai vivere qui senza di te, non esiste" – rispose Paul – "Almeno sono contento che riusciamo a goderci un'ultima bella serata, con un cielo mozzafiato come questo".

Da quando Emma si era definitivamente trasferita a Londra, in quel piccolo loft ricavato all'interno di un attico su Ulster Terrace, ogni momento speciale era sempre accompagnato da una cena condivisa sul terrazzo dell'appartamento, sicuramente la parte più bella di quei sessanta metri quadrati scarsi.

Entrambi celebrarono il dolce tramonto che si scagliava sul cielo di Londra con un brindisi, cui fecero seguito un abbraccio e un veloce ma dolce bacio a stampo.

"È tutto pronto per domani?" – chiese Paul, cingendo le spalle di Emma con il suo braccio destro.

"Sì, certo" – rispose Emma – "Riesci ad accompagnarmi all'aeroporto?"

"Certo, anche se dovesse significare passare la notte sul pezzo cui sto lavorando" - rispose Paul.

"Non ti mancava l'ultima fonte?" – chiese Emma.

Nelle ultime due settimane Paul aveva lavorato, giorno e notte, a un articolo che usciva, temporaneamente, dal suo 'filone' di profili: un'inchiesta sulla sostenibilità economica delle squadre di Premier League e sull'importanza dei diritti televisivi.

Un argomento non esattamente affine a lui, ma che gli era stato affidato dal suo caporedattore, con l'intenzione di applicare a questo tema complicato un taglio più narrativo e maggiormente accessibile.

Per prepararsi a questo pezzo Paul si era servito, oltre che di un elevato numero di dati raccolti tramite i suoi colleghi, di alcune fonti e interviste con esperti del settore.

Quella sera gli restava da sbobinare una lunga intervista con un importante manager televisivo, di cui aveva già fatto un primo superficiale screening.

"In teoria devo ancora sbobinare l'intervista, ma già so cosa dice" – disse Paul – "Posso benissimo introdurre le parole approfondite nel pezzo di *follow-up*."

"L'intervista è importante per il pezzo?" – controbatté Emma.

"Teoricamente sì, però stasera preferirei spendere l'intera serata con te!"

"Anch'io, lo sai." – disse risolutamente Emma – "Ma è un articolo importante, e lo devi fare bene."

Con Paul che non batté ciglio, Emma continuò: "Non sei sempre tu a dire che a tutti gli articoli va data la stessa cura? Che bisogna sempre dare un inizio e una fine coerente? Che un giornalista è tale solo se i suoi pezzi sono completi e lineari, e non vi è pressapochismo e superficialità?"

"Sì… certo" – rispose Paul.

"Adesso ceniamo e godiamoci il tramonto!" – disse Emma – "Poi ti faccio compagnia mentre finisci l'articolo, perché lo completerai stasera."

*

Paul Stephenson rifletté a lungo sul da farsi. Non era facile conciliare la sua curiosità con quelli che erano i suoi principi, cui sempre si era affidato nei momenti più difficili.

Raccogliendo le idee, davanti alla sua mente gli si palesò una possibile soluzione: quella di scrivere entrambe le versioni dei pezzi.

Quella "vera", appartenente al "suo" presente, cui stava lavorando nella mattina precedente al *The Lord Moon of the Mall*.

Ma anche quella "distopica", che immagina l'esistenza di un campione che l'attuale presente cui apparteneva ormai non aveva mai potuto osservare.

E mentre lavorava alla scrittura, faticava a immaginare cosa gli avrebbe prospettato il futuro in questa nuova dimensione temporale.

Blaugrana

Ogni volta era sempre un'emozione.

Scendere dalla Met Line e salire quelle due dozzine di scalini, che conducevano dalla banchina della stazione alla "hall" dell'entrata, era emozionante perché, una volta finiti, bastava girarsi a destra per scorgerlo, maestoso.

L'arco che domina Wembley Stadium, e ne simboleggia la sua maestosità, era visibile da tanti dei luoghi cui Paul era più affezionato, ma la vista che scorgeva dalla 'porta' d'accesso della stazione di Wembley Park, con quella sensazione di essere faccia-a-faccia con lo stadio, era impareggiabile.

Era soprattutto per avere quella vista che, ogni volta che Paul doveva recarsi a Wembley, preferiva prendere la *Tube* invece della macchina o del taxi.

Quella visuale diventava sempre più bella tutte le volte che, percorrendo *Olympic Way*, ci si avvicinava allo stadio.

Passato il breve sottopasso situato appena fuori dalla stazione, Paul si voltò prima a destra e poi a sinistra, per scorgere se ai lati della strada vi fossero gli operai che stavano terminando di affiggere i gonfaloni del prossimo evento in programma allo stadio.

Quell'evento poi, era anche il motivo per cui Paul si stava recando, in quella fredda mattina di dicembre, nel suo stadio preferito al mondo: stava andando lì per lei, la Champions League[17].

Era la vigilia della partita tra Tottenham[18] e Barcellona[19], valida per l'ultima giornata della fase a gironi, una sfida decisiva ai fini della qualificazione di entrambe le squadre agli ottavi di finale: al Barcellona, per passare il turno, sarebbe potuto andar bene anche un pareggio o anche una sconfitta in caso di non vittoria del Monaco[20], l'altra squadra in corsa; per il Tottenham, invece, la vittoria era d'obbligo.

Paul attendeva spasmodicamente la conferenza stampa della vigilia, cui si stava recando, anche per la presenza, dal lato del Barcellona, di due autentici fenomeni del calcio mondiale: l'uruguayo Luis Suarez[21] e il brasiliano Neymar[22], che

---

[17] L'UEFA Champions League è la più importante competizione continentale per il calcio di club: la fase decisiva si svolge ogni anno da Settembre a maggio/giugno, e vede la partecipazione delle migliori trentadue squadre europee.

[18] Il Tottenham è una delle squadre londinesi che disputano la Premier League, il campionato inglese di calcio. Fondata nel 1882, non vince il campionato inglese dal 1961, anche se negli ultimi anni sta vivendo una specie di rinascita ad altissimi livelli.

[19] Il Barcellona è, insieme al Real Madrid, la squadra di calcio più vincente del calcio spagnolo e una delle più importanti a livello mondiale. Ha vinto la Champions League per 5 volte, l'ultima delle quali nel 2015.

[20] Il Monaco è una squadra francese con sede a Montecarlo. Vincitrice di otto campionati francesi, è stata finalista di Champions League nel 2004.

[21] Luis Suarez (Salto, Uruguay, 24 gennaio 1987) è un calciatore uruguayo,

l'indomani sarebbero stati i leader dell'attacco blaugrana vista l'assenza per squalifica della *Pulce*, l'argentino Lionel Messi[23].

I riflettori erano puntati sui due fenomeni sudamericani, presenti in sala stampa insieme all'allenatore della squadra spagnola, e ciò aveva convinto Paul a rendere entrambi i giocatori protagonisti del suo articolo del giorno prima. Nel farlo, Paul si era concentrato sul dualismo classico tra Brasile e Uruguay e su come questo fenomeno, con l'apice della finale mondiale del 1950, si era ora trasformato in un'alleanza solida alla guida di una delle squadre migliori al mondo.

Seduto in una delle ultime file della sala stampa di Wembley, Paul stava lavorando all'incipit del pezzo sulla conferenza stampa prima della stessa, per portarsi avanti con il lavoro.

Quasi senza pensarci, senza ricordare ciò che accadde sei mesi prima, le sue mani passarono dalla tastiera collegata all'iPad al

---

vincitore per due volte in carriera della *Scarpa d'oro* come miglior marcatore della stagione europea e miglior marcatore di tutti i tempi della nazionale uruguayana.

[22] Neymar da Silva Santos Junior (Mogi das Cruzes, Brasile, 5 febbraio 1992) è un calciatore brasiliano ed è considerato uno dei migliori talenti del calcio mondiale. Ha vinto la medaglia d'oro con la nazionale brasiliana di calcio all'Olimpiade di Rio de Janeiro nel 2016.

[23] Lionel Messi, detto Leo (Rosario, Argentina, 24 giugno 1987) è un calciatore argentino. Considerato come uno dei migliori giocatori di tutti i tempi, ha vinto per cinque volte in carriera il Pallone d'Oro come miglior giocatore dell'anno.

suo taccuino, su cui andava annotando la struttura del pezzo: fu un lampo, non appena scrisse la parola *Gamechanger*, e Paul si ritrovò catapultato nel passato.

Che stavolta era notevolmente diverso rispetto a quello di sei mesi prima.

*

A differenza del viaggio alla volta della Berlino Nazista, l'atmosfera che circondava Paul era certamente diversa.

Davanti a sé aveva sempre l'ingresso di uno stadio, e anche l'abbigliamento era simile a quello del *viaggio* precedente.

Si frugò rapidamente le tasche, notando che portava con sé i soliti tre oggetti, insieme a un pass stampa che gli fece capire dove si trovava.

Davanti ai suoi occhi c'era il Maracanà di Rio de Janeiro. Paul stava per assistere a una partita storica, che avrebbe cambiato le sorti del calcio: Brasile – Uruguay.

Facendosi largo tra l'immensa folla che cercava di accedere alle tribune dello stadio, riuscì a raggiungere la postazione assegnata ai giornalisti e immediatamente, tra sé e sé, pensò a quanto questa fosse sicuramente più scomoda rispetto a quella "vissuta" nel 1936.

Pur non essendo un grande appassionato del *futbol*, il calcio sudamericano, Paul aveva a lungo studiato la famosa finale del

1950 per prepararsi all'intervista con Diego Forlan, che gli era valsa la prima copertina e la prima grande soddisfazione della sua carriera.

Vedendone il filmato in bianco e nero, quasi s'innamorò dell'incredibile intensità che emanava quella partita, più di una semplice finale per un popolo –quello brasiliano– che vedeva quel mondiale come un'irrinunciabile occasione per "mettere" il Brasile sulla cartina geografica del calcio mondiale.

Rispetto al suo *viaggio* precedente, stavolta Paul faceva fatica a capire quale potesse essere il "cambiamento" in questo passato alternativo, ammesso che ve ne fosse uno.

Fino al momento dell'ingresso in campo delle due squadre, tutto stava filando "per il verso giusto", esattamente come la storia che lui conosceva: i quasi duecentomila spettatori presenti all'*Estadio do Maracana*, in grandissima parte di fede carioca, erano pressoché sicuri di essere a due ore dal primo Mondiale vinto dal loro amato Brasile, cui in fondo bastava un pareggio per alzare la Coppa Rimet.

Al fischio dell'arbitro, il signor Reader, Paul si sentì immediatamente trascinare nel presente, incredulo ma affascinato.

*

Tornato in sé, Paul rimase con lo sguardo perplesso e fisso nel vuoto a lungo, tanto da attirare l'attenzione di un giornalista spagnolo seduto vicino a lui.

"*Todo bién*, amico?" – gli disse.

"Sì, sì, *no problémas*" – rispose Paul, sforzandosi di assumere un tono il più possibile convincente.

Il collega si allontanò, anche perché stava per fare il suo ingresso in sala stampa il Barcellona.

Il timore di notare qualcosa di diverso, causato dal breve viaggio appena vissuto, svanì quando Paul vide sia Neymar sia Suarez sistemarsi al tavolo, sedendosi ai lati dell'allenatore blaugrana Valverde.

L'ora abbondante di Q&A sembrò non passare mai, con Paul che provava a concentrarsi sulle parole dei protagonisti dell'importante partita dell'indomani, senza però riuscire a smettere di pensare all'altrettanto importante partita di sessantasette anni prima appena vissuta, seppur parzialmente.

In particolare, ciò che lo incuriosiva da un lato, e spaventava, dall'altro, era che fosse tutto uguale alla "sua" storia.

Non riusciva a capire se essere felice di ciò o esserne spaventato: cosa poteva andare storto questa volta?

*

La pioggia continuava ad abbattersi copiosa su Canterbury, ma la vista da dentro il bar sembrava più rassicurante.

Sedutasi comoda su uno dei divani, Emma si tolse la giacca bagnata, e posandola su uno dei termosifoni, osservò Paul un'altra volta.

Ricordò la prima volta in cui lo vide a lezione, e che in fondo gli spiacque che quel ragazzo dall'aria interessante ed espressiva non si fosse mai fatto avanti.

Il tempismo, forse, non sarebbe stato dei migliori: Emma Scott aveva lasciato il suo primo e unico ragazzo appena 72 ore prima di quel doppio latte macchiato che Paul stava ancora aspettando al bancone del bar, nonostante il suo caffè americano fosse già pronto da qualche minuto.

John era il suo nome, ed era stato a fianco di Emma sin da quando entrambi avevano compiuto quattordici anni: dal liceo alle prime esperienze in giro per il mondo, in sette anni di relazione avevano condiviso in pratica tutto, ma con l'avvicinarsi della fine del terzo anno di università Emma sentiva, con tutta sé stessa, che le loro vite stavano per prendere direzioni diverse.

"Ecco il doppio latte!" – disse Paul, interrompendo i suoi pensieri.

"Grazie, sei gentilissimo!" – rispose lei – "Quanto ti devo?"

"Scherzi, per un caffè?"

Lei sorrise, con un sorriso così ampio da riuscire a esprimere gratitudine per la gentilezza.

Sorseggiando lentamente le loro bevande, iniziarono a parlare soprattutto di università e delle varie materie che li separavano dalla laurea, anche per capire se avessero altri corsi in comune davanti a loro.

Fu dopo una ventina di minuti che Emma decise di cambiare argomento, rivelando il suo carattere arguto e intraprendente.

"Perché poco fa non hai esitato a 'parlarmi'?" – disse – "Sei sempre stato così timido con me, cosa era diverso questa volta?"

"Beh, per cominciare eravamo bagnati fradici" – disse Paul, ridendo – "E poi da tanto tempo volevo farmi avanti, ma non mi sembrava mai il momento giusto".

"Hai fatto bene, bisogna sempre cercare di essere curiosi!" – rispose Emma, riprendendo a sorseggiare il suo doppio latte.

*

Finita la conferenza stampa, Paul decise di rinunciare ad assistere ai primi quindici minuti di allenamento del Barcellona, quelli aperti alla stampa, perché aveva bisogno di risposte.

Non aveva mai percorso Olympic Way, la strada che ogni volta lentamente contemplava, così velocemente come quella volta. Ma era l'unico modo per arrivare in Whitehall il più velocemente possibile, perché c'era una sola persona che poteva aiutarlo in quel momento a chiarirsi le idee sui viaggi nel tempo.

"Ciao, Tom"

Solitamente, nel primo pomeriggio, l'odore di birra che Tom Blauer emanava tendeva a essere più acre e ripugnante, come in un continuo crescendo fino alla sera e all'ultimo giro di bevute.

Stavolta, con sollievo di Paul che aveva bisogno della massima lucidità, non vi era traccia di quell'odore.

"Ciao Paul, tutto bene?"

"Ho un problema con... i viaggi"

Paul si sedette al suo tavolo preferito, lasciato da poco libero dopo l'ora di pranzo, con Tom che si accomodò di fronte a lui.

"Che cosa intendi?"

"Ho avuto un flash, su un altro possibile viaggio, e non so se tornare indietro" – rispose Paul.

"Ed è solo questo a farti dubitare?" – disse Tom.

"In realtà no" – replicò Paul – "Il problema è che tornando indietro nel tempo ho cambiato il presente, almeno quello che conoscevo io".

"È strano" – chiarì Tom, stupito – "Non ho mai sentito, da parte di altri 'viaggiatori' di un presente cambiato; se però dovessi darti un consiglio, ti direi di continuare a 'viaggiare', perché troverai il modo di mettere tutto a posto".

*

Memore delle esperienze precedenti, Paul era dissidiato dai dubbi.

Valeva la pena, in nome della curiosità, riaffrontare un viaggio nel tempo senza saperne le conseguenze?

Il flash dello stadio Maracanà gli sembrava così vivido e accattivante, e lo spinse a mettere sul tavolo il suo taccuino, la sua stilografica e il suo portamine.

Con davanti a sé gli appunti del pezzo sul Barcellona, il da farsi gli sembrò più chiaro di prima.

Il rischio valeva la pena, perché le domande erano ancora più delle risposte e solo spostarsi nel passato poteva aiutarlo a trovare quelle soluzioni introvabili altrove.

Bastarono pochi secondi, dopo l'aver riscritto *Gamechanger* sul suo taccuino, a ritrovarsi catapultato a Rio de Janeiro.

L'atmosfera, nel Maracanà, era elettrica più del flash precedente. I giocatori erano disposti sul terreno di gioco, e con Paul ancora intontito dal viaggio, l'arbitro Reader diede il via alla finale del Campionato del Mondo del 1950.

Vencedores

La zona stampa del Maracanà era sensibilmente diversa rispetto a quella dell'Olympiastadion. L'incredibile quantità di gente che affollava lo stadio brasiliano faceva sì che qualsiasi angolo, qualunque pertugio, potesse essere vendibile o passabile per un posto a sedere.

Paul ebbe a malapena un minimo spazio per disporre il suo materiale da scrivere e iniziare a prendere appunti.

L'unica differenza rispetto alla storia "originaria" stava nella presenza in campo, per il Brasile, del terzino Nilton Santos[24] – che Paul conosceva per aver vinto il Mondiale del 1958 in Svezia– al posto di Bigode.

I restanti ventuno giocatori in campo erano identici a quelli a lui noti, con la consapevolezza che sarebbero rimasti tali fino alla fine della partita, poiché ai tempi non erano consentite le sostituzioni.

I primi quarantacinque minuti filarono via lisci, con il copione "reale": Brasile all'attacco e Uruguay a difendersi ordinato, pronto al contrattacco. Come nella realtà, il primo tempo

---

[24] Nilton dos Santos (Rio de Janeiro, Brasile, 16 Maggio 1925 – 27 Novembre 2013) è stato un giocatore di calcio brasiliano, parte della squadra vincitrice dei Mondiali di Calcio nel 1958 e nel 1962.

terminò sullo 0-0, un risultato che rendeva il Brasile campione del mondo virtuale, ma che in fondo non stava bene a nessuna delle duecentomila persone presenti allo stadio.

Fu in quel momento, in cui si girò intorno per osservare meglio l'ambiente circostante, che Paul notò la prima cosa strana: la presenza di un reporter in tribuna con un taccuino di pelle a prima vista totalmente identico al suo.

A quel punto non sapeva se avvicinarsi, con la possibilità di scoprire di un altro "Phillip Edwards", ma immediatamente comprese il perché doveva essere certo che si trattasse del "suo" taccuino.

*

Come ogni mattina, chiunque passasse da Victoria Station poteva avere un'idea della Londra frenetica che si prepara a iniziare una nuova giornata.

Uscendo dalla metropolitana, l'occhio di Paul cadde immediatamente sulla piccola edicola situata fuori dall'ingresso principale. Un sorriso smagliante si stampò sul suo viso quando vide la copertina della pagina sportiva del Daily Telegraph: era la sua prima "prima pagina".

L'intervista esclusiva fatta a Diego Forlan, fresco co-vincitore della Scarpa d'Oro insieme all'idolo di gioventù di Paul, Thierry Henry, aveva fatto clamore perché si trattava della prima grande intervista rilasciata dal campione uruguayo dopo aver lasciato il Manchester United per gli spagnoli del Villarreal.

Non era solo l'emozione dell'esclusiva a inorgoglire Paul, ma anche il fatto che raramente ad un giovane giornalista nemmeno 26enne veniva concesso il privilegio della prima pagina.

Certo, era d'aiuto il fatto che la stagione calcistica era ormai terminata e che il 2005 era un anno tutto sommato interlocutorio per il calcio inglese, vista l'assenza di competizioni internazionali in cui era impegnata la Nazionale; ma a inorgoglire maggiormente Paul fu la loquacità di Forlan, che rese l'intervista un pezzo molto interessante, *candidabile* a premi di categoria e, in un certo senso, quell'articolo che aprì la strada alla seconda fase della carriera di Paul, quella dedicata in minor misura alla cronaca e in maggior modo alle interviste e ai profili speciali.

Entrato in ufficio, fu sorpreso di non vedere inizialmente nessuno, anche perché già temeva di essere arrivato in ritardo a lavoro.

La curiosità di scoprire dove fossero gli altri lo portò a cercare qualcuno per tutto il piano dedicato allo sport, fino ad arrivare alla sala riunioni centrale, buia con le serrande abbassate.

Non appena entrò, però, scoprì cosa lo stava aspettando: una bellissima sorpresa, con i suoi colleghi che gli avevano preparato un piccolo rinfresco per festeggiare.

Charlie, il suo capo, si avvicinò e disse: "A nome di tutti, complimenti, questo è per te!".

Mentre pronunciava le ultime sillabe, con la mano destra porse un piccolo pacchetto rettangolare a Paul, su cui spiccava un bigliettino che recitava così: "In modo che tu possa sempre dire la tua".

La carta regalo fu scartata rapidamente, e il pacchetto a poco a poco rivelò un bellissimo taccuino di pelle tascabile, con dentro un blocco per gli appunti firmato, nella sua prima pagina, da tutti i suoi colleghi.

C'era una firma che in fondo, tra tutte, spiccava: "Le idee migliori sono condivise; Xxx, E.".

Emma spuntò, con totale sorpresa di Paul, da dietro la tenda dove si era nascosta fino a quel momento. Sorrise, si avvicinò a Paul, e lo baciò.

"Congratulazioni!" – gli disse – "Sono orgogliosa di te!"

*

"Mi scusi" – disse Paul – "È suo questo taccuino?"

A differenza di quanto accadde a Berlino, dove almeno la vista dell'accredito gli aveva dato una minima idea sulla possibile provenienza della persona misteriosa, stavolta il tono di voce di Paul fu senz'altro più titubante e insicuro, ignaro della possibile risposta del suo interlocutore.

"Sì, è mio" – rispose l'altro, con un accento dalla pesante influenza tedesca – "Piacere, Hans Adolf Schmidt".

Hans Schmidt gli appariva davanti come un giovane giornalista tedesco, residente da qualche tempo in Brasile. L'occhio di Paul, però, cadde più volte sul taccuino: l'unica differenza rilevante, rispetto al suo, era la sigla "H.A.S." scritta a mano sull'apice destro di ogni foglio, un particolare che aveva potuto notare grazie a un colpo di vento che arrivò all'interno dello stadio.

La curiosità per questo secondo elemento del suo presente che si veniva a trovare nel passato era minore rispetto a Berlino, lasciando però all'incredulità.

Paul era molto indeciso sul da farsi, sul cosa potesse eventualmente succedere nel caso in cui provasse a tornare nel presente in quel momento, senza cercare di scoprire cosa sarebbe successo nel secondo tempo.

Fu in quel momento che si ricordò più delle parole incoraggianti di Emma che di quelle insicure di Tom: decise di continuare a scoprire cosa sarebbe successo, senza cercare di tornare indietro prima della fine della partita.

Riprese il suo posto, battendo per poco un *parvenu* che aveva provato a imbucarsi in tribuna stampa, sfruttando la lentezza di reazione della sicurezza brasiliana.

La seconda frazione di gioco era ripresa da qualche secondo, con i padroni di casa che scesero in campo con un piglio più intraprendente, desiderosi di sbloccare la contesa.

E, con nessuna differenza rispetto alla storia reale, ci riuscirono: Roque Maspoli[25], il portiere dell'Uruguay, nulla poté sulla potente conclusione di Friaça[26], che fece esplodere di gioia il Maracanà.

A nulla servirono le proteste del capitano uruguayo, Obdulio Varela[27]: l'arbitro convalidò il gol, con le rimostranze del numero 5 della Celeste che servirono per lo più a raffreddare l'atmosfera bollente che si respirava in quel catino di Rio de Janeiro, che conteneva i sogni e le speranze di un paese intero.

I minuti passavano, con l'Uruguay che provava a reagire, consapevole che a quel punto serviva segnare almeno due gol per conquistare il loro secondo titolo mondiale.

---

[25] Roque Gaston Maspoli Arbelvide (Montevideo, Uruguay, 12 ottobre 1917 – 22 febbraio 2004) è stato un giocatore e allenatore di calcio uruguayo, portiere della nazionale vincitrice del Mondiale 1950.
[26] Albino Friaça Cardoso (Rio de Janeiro, Brasile, 20 ottobre 1924 – Itaperuna, Brasile, 12 gennaio 2009) è stato un giocatore di calcio brasiliano.
[27] Obdulio Jacinto Muiños Varela (Montevideo, Uruguay, 20 settembre 1917 – 2 agosto 1996) è stato un giocatore e allenatore di calcio uruguayo. Capitano della nazionale campione del mondo nel 1950, a lui è dedicato uno degli stadi di Montevideo.

La nazionale rioplatense si faceva forte anche del fatto che, a ogni azione offensiva intrapresa, la difesa brasiliana non si mostrava esattamente solida e impermeabile: il cronometro segnava il minuto numero venti della ripresa, quando Alcides Ghiggia[28] controllò il pallone sul lato destro della trequarti offensiva uruguaya.

A Paul ci volle qualche secondo, mentre il numero 7 dell'Uruguay controllava il pallone cercando di trovare un varco per andare a crossare, per rendersene conto: quella era l'azione del gol del pareggio di Schiaffino[29].

Dopo un paio di dribbling, Ghiggia riuscì ad aggirare la difesa di Nilton Santos e a ricavarsi lo spazio per crossare al centro, verso l'accorrente *Pepe*.

---

[28] Alcides Edgardo Ghiggia Pereyra (Montevideo, Uruguay, 22 dicembre 1926 – 16 luglio 2015) è stato un giocatore e allenatore di calcio uruguayo, autore del gol decisivo della finale mondiale del 1950. Vanta anche 5 presenze (e un gol) con la maglia della nazionale italiana, tra il 1957 e il 1959.

[29] Juan Alberto Schiaffino Villano, detto Pepe (Montevideo, Uruguay, 28 luglio 1925 – 13 novembre 2002) è stato un giocatore e allenatore di calcio uruguayo. Membro della nazionale vincitrice del Mondiale nel 1950, in carriera vanta anche numerose presenze con la maglia del Milan (1954-1960, fa parte della *Hall of Fame* della squadra) e della Roma (1960-1962), oltre a quattro presenze, tra il 1954 e il 1958, con la maglia della nazionale italiana.

Il numero 10 uruguayo, il giocatore dal maggior talento della sua nazionale, colpì di prima intenzione, a botta sicura, verso la porta del Brasile.

Il tiro, però, si stampò sul palo alla sinistra del portiere brasiliano Barbosa[30], per poi finire fuori.

Era quello il punto di svolta, maggiormente accentuato dal fatto che Schiaffino cadde rovinosamente a terra dopo aver concluso a rete, nel mezzo di uno stadio ancora ammutolito per il pericolo appena scampato.

L'attaccante dell'Uruguay si rialzò dopo qualche minuto, ma zoppicando vistosamente: oltre al danno quindi la beffa per la *Celeste*, in quanto nel 1950 non era ancora consentito sostituire un giocatore a partita in corso.

L'errore e l'infortunio di Schiaffino furono la botta che allo stesso tempo tramortì l'Uruguay e, allo stesso tempo, restituì coraggio al Brasile, che negli ultimi 15 minuti di partita riprese ad attaccare con più veemenza, alla ricerca del gol del 2-0 che verosimilmente avrebbe chiuso la contesa e qualsiasi discorso in merito alla finale.

---

[30] Moacir Barbosa Nascimento (Rio Branco, Brasile, 27 marzo 1921 – Praia Grande, Brasile, 7 aprile 2000) è stato un giocatore di calcio brasiliano, membro della squadra finalista nel 1950.

Gol che arrivò al minuto 34, quello in cui, nella realtà, Alcides Ghiggia segnò il 2-1 per l'Uruguay.

Questo arrivò in maniera del tutto simile al gol che Paul ricordava, ma a campi invertiti: fu Nilton Santos, proprio l'unica variazione nei ventidue giocatori in campo rispetto alla finale che lui conosceva, a involarsi in contropiede e, scambiato il pallone con un rapido uno-due con Friaça, a realizzare il gol della sicurezza, del titolo mondiale per il Brasile. Quello del 2-0.

Nonostante fosse il 16 di luglio, sugli spalti del Maracanà si scatenò una riedizione del più acceso e colorato Carnevale carioca: i quasi 200 mila spettatori non stavano più nella pelle, tanto che alcuni tentarono di invadere il campo prima della fine dei novanta minuti di gioco.

I giocatori uruguayi uscirono rapidamente dal campo, per lasciare completamente la scena ai vincitori, omaggiati da una samba che si alzò in maniera prorompente inglobando le sonore esultanze dei tifosi, continuando per diversi minuti.

"Brasil, os Vencedores!"

A differenza di quanto accadde a Berlino, stavolta in Paul regnava anche un senso di meraviglia e stupore nell'osservare quello che lo circondava.

La sconfitta del Brasile nel 1950 fu una tragedia nazionale: non solo per coloro che si tolsero la vita dentro lo stadio al fischio finale dell'arbitro Reader, ma anche per la depressione che via via s'instaurò in tutto il paese a seguito della sconfitta.

Molti giocatori chiusero, con il gol di Ghiggia, la loro esperienza in nazionale e per alcuni di loro, come il portiere Barbosa, quella sconfitta aveva segnato l'inizio di una vita nell'oblio e nell'incuranza di tutti.

La consapevolezza che nulla di tutto ciò sarebbe capitato ai protagonisti di questa "nuova" storia spazzò via le remore di Paul, che finì di scrivere la sua bozza chiudendo, come a Berlino, con la frase *"The Game is Changed"*.

*

Tutto, al *The Lord Moon of the Mall*, era come Paul Stephenson l'aveva lasciato: anche stavolta, nel presente, non vi era stata pressoché traccia della sua assenza. A conferma di ciò il fatto che, in un rapido scambio di sguardi con Tom, non vi era da parte di quest'ultimo alcuna sorta di dubbio, o perplessità.

La sera si avvicinava, e come ogni inverno il buio stava rapidamente prendendo possesso del cielo sopra Whitehall.

Guardando l'orologio, Paul si rese conto di essere ancora in tempo, a scanso di imprevedibili problemi con i trasporti pubblici, per partecipare alla conferenza stampa pre-partita, a Wembley, del Tottenham.

Non aveva idea, in quel momento, di cosa avrebbe comportato quel nuovo viaggio nel passato. La "tranquillità" provata per i membri di quel Brasile, oltre all'effettiva agenda ricca d'impegni, riempì la sua mente e gli impedì di rifletterci a lungo nella mezzoretta scarsa di metropolitana che separava Whitehall da Wembley.

Arrivato lì, si trovò davanti una folla di *commuters* in continuo andirivieni: c'era talmente tanta gente che quasi oscurava la vista che tanto amava scorgere dello stadio.

Fu soltanto quando iniziò a percorrere *Olympic Way* che si rese conto che qualcosa non quadrava: sui gonfaloni promozionali appesi ai pali della luce, vi era sì il logo del Tottenham, ma non c'era alcuna traccia di quello del Barcellona.

Pérola Negra

"Come down tomorrow night at Wembley Stadium: It's the UEFA Champions League, with your Tottenham Hotspurs facing F.C. Internazionale."

La voce squillante proveniente dagli altoparlanti sistemati lungo *Olympic Way* enfatizzò maggiormente il primo grande cambiamento di quel nuovo presente.

Istintivamente, Paul allungò una mano all'interno della sua tasca alla ricerca del suo telefono, così da potere cercare rapidamente su internet altre "novità": con suo disappunto, scoprì che la batteria era scarica.

Ritirato l'accredito, si diresse, a spron battuto, alla volta della fermata della metropolitana, e in meno di tre quarti d'ora dal momento in cui Paul sentì per la prima volta l'annuncio in loop dello speaker, lo scenario accogliente del suo studiolo fu in grado di rassicurarlo, dandogli quella serenità necessaria per cercare, e metabolizzare, gli elementi costitutivi di quel nuovo presente.

Per prima cosa, quindi, Paul cercò di ricostruire la storia del calcio dal momento cui aveva assistito qualche ora prima: il primo mondiale vinto dal Brasile.

Ciò a cui si era trovato davanti era stato probabilmente più impressionante di quanto vissuto nella Berlino del 1936.

Quel mondiale vinto nel 1950 significò, per il Brasile, l'inizio di una storia completamente diversa rispetto a quella conosciuta da Paul: i gol di Friaça e Nilton Santos furono, infatti, i gol dell'unico mondiale vinto dalla nazionale carioca, la cui maglia da gioco mantenne peraltro gli stessi colori indossati quel 16 luglio 1950.

Non essendosi mai verificato quello shock che portò il Brasile ad adottare, sulle proprie divise, i colori della bandiera verde-oro, una prima icona del calcio mondiale venne a mancare.

In realtà il Brasile fu capace di raggiungere per altre due volte la finale mondiale, nel 1978 e nel 1986, sfruttando la vena dell'unica vera generazione vincente che venne a crearsi dopo il primo mondiale post-bellico.

Le due finali si accompagnarono anche alla conquista di quelle che furono le *Copa America* quattro e cinque (consecutivamente, nel 1975 e nel 1979), che almeno sino a fredda quella giornata di dicembre erano le ultime conquistate dal Brasile.

Come Paul riuscì a comprendere, non senza qualche fatica, la storia del calcio brasiliano cambiò perché senza la "propulsione" della grande delusione del 1950 il calcio brasiliano, appagato e saziato da quell'impressionante trionfo, fu incapace di rinnovarsi, motivarsi e autoalimentarsi.

Nel rintracciare i giocatori che avevano fatto la storia, Paul notò che spiccava l'assenza di un nome su tutti, la cui mancanza poi fu seguita a cascata da altri nomi altrettanto celebri.

Si trattava di *Edson Arantes do Nascimiento*.

Pelé.

*

"È impossibile che non mi tremino le gambe".

I quarantuno caratteri del messaggio impiegarono pochi secondi per essere recapitati al destinatario, ma il brivido dell'emozione trascendeva i tasti del cellulare.

D'interviste Paul Stephenson ne aveva fatte tante, ma la possibilità di intervistare una delle icone dello sport mondiale non è roba di tutti i giorni.

"Stai tranquillo… piuttosto preoccupati del tuo portoghese… rustico☺."

La capacità che, ogni volta, Emma aveva di trasformare l'ansia in un sorriso era spiazzante.

"Guarda che ho ripassato, non posso arrivare impreparato al Mondiale☺."

Il magnetismo di Pelé, unito al suo evidente carisma, rapirono l'attenzione di Paul.

Il leggendario calciatore brasiliano, l'unico ad aver vinto per tre volte il Mondiale di calcio, era a Londra per promuovere un evento legato agli imminenti mondiali in Brasile[31].

Era la prima volta che aveva la possibilità di incontrarlo di persona, e la conferma della disponibilità ad un'intervista individuale per quindici minuti fu, senza alcun dubbio, l'*highlight* di quella settimana.

Nonostante l'interesse che Paul, per la prima volta, aveva dimostrato nel seguire il mondiale del 1994[32], egli non era mai stato un grande appassionato del Brasile, preferendogli spesso gli acerrimi rivali argentini.

Pelé, però, trascende le simpatie o le antipatie di tifo.

È la Gioconda al Louvre: se ci passi davanti non puoi fare a meno di ammirarla, rimirarla, contemplarla.

Anche se non apprezzi Leonardo da Vinci, anche se non comprendi l'importanza del quadro.

---

[31] L'ultimo Mondiale di calcio disputatosi in Brasile è stato nel 2014, con la vittoria della Germania in finale contro l'Argentina.
[32] Il Mondiale del 1994 si disputò negli Stati Uniti per la prima volta. Vinse il Brasile in finale, ai rigori, contro l'Italia.

Nonostante una fitta scaletta d'interviste, la leggenda brasiliana fu disponibilissima con tutti, spesso sforando i quindici minuti prestabiliti per ogni giornalista o ogni testata.

E a tutti, nessuno escluso, estese un invito per un caffè nel caso in cui si venissero a trovare in Brasile per seguire il Mondiale.

Fu in quel momento che Paul pensò a come la sua vita non potesse andare meglio di così.

*

Lo shock per la scoperta riservatagli dal *nuovo* presente fu elevato, e questa volta la sua proverbiale curiosità faticava ad avere il meglio nella lotta interna al suo stato d'animo.

Come si poteva immaginare un calcio senza Pelé?

Senza il Brasile?

L'assenza dei non più –o mai diventati, a quel punto–verde-oro dalla storia del calcio mondiale aveva avvantaggiato non solo altre nazionali storicamente vincenti come Italia e Argentina (la prima a quel punto era la massima vincitrice nella storia con cinque titoli Mondiali, inclusa la *definitiva* Copa Rimet[33], la

---

[33] Nel 1970 la finale Mondiale fu tra Italia e Brasile, a quel punto vincitrici per due volte a testa del titolo. Le regole stabilivano che la nazionale che arrivasse per prima a tre titoli potesse fregiarsi della versione originale

seconda era arrivata a tre, abbinando 18 vittorie in *Copa America*), ma anche di squadre come Svezia e Cecoslovacchia, entrambe vincitrici di un Mondiale di calcio (rispettivamente nel 1958 e nel 1962), rinsaldando un predominio Europeo sul panorama del calcio Mondiale che trovava un flebile contrappeso nell'Argentina e sporadicamente nell'Uruguay (vincitrice nel 1954).

L'irrilevanza del Brasile, evidenziata anche dalle rare (ma comunque esistenti) occasioni in cui la nazionale carioca non riuscì a qualificarsi al Mondiale[34], aveva avuto effetti, anche se leggermente minimi rispetto all'impatto sul calcio per nazionali, sulle squadre di club.

L'assenza ad alto livello di alcuni giocatori come Zico, Romario, Ronaldo, Kakà, Neymar aveva leggermente riscritto i destini di alcune squadre che, nella realtà conosciuta da Paul, avevano basato le loro fortune su grandi calciatori brasiliani.

Il Barcellona che Paul non avrebbe visto l'indomani a Wembley era sempre una squadra di assoluto livello e rispetto, ma complice l'inesistenza di giocatori come Ronaldinho prima, e lo stesso Neymar poi, aveva fatto sì che i trionfi, soprattutto internazionali, conquistati dai blaugrana fossero numericamente inferiori a quelli raggiunti da squadre rivali.

---

della Copa Rimet, dal nome del fondatore della FIFA Jules Rimet.
[34] Ad oggi il Brasile, in realtà, ha disputato tutte le edizioni del Mondiale di calcio. È l'unica nazione a potersi fregiare di tale titolo.

Come riuscì poi a scoprire Paul, il Barcellona aveva partecipato alla Champions League, fermandosi però all'ultimo turno preliminare. Eliminato proprio dal Tottenham.

Nel susseguirsi di ricerche, confronti e verifiche le ore passarono, e quando Paul Stephenson ebbe tempo di guardare l'orologio era già l'una di notte.

Fu a quel punto che, senza nemmeno infilarsi il pigiama, crollò stremato, non di fatica ma moralmente, sul letto.

*

Il cielo non albeggiava ancora del tutto quando Paul fu svegliato, di soprassalto, da una telefonata.

"Ciao, scusa l'ora, ma c'è una *Breaking News* urgente su Bolt".

Fu solo dopo aver sentito il nome di Usain Bolt che Paul si svegliò davvero, anche perché non poteva reggere a lungo una telefonata in dormiveglia con il suo caporedattore.

"… Hai detto Bolt?"

"Sì, sì" – rispose – "Ha annunciato il suo ritorno alle corse, ci ha ripensato!"

Sentendo quella frase si alzò di soprassalto, quasi correndo alla volta del computer.

Prese del tempo, necessario a fare una ricerca veloce, per capire cosa stesse succedendo.

"Ho bisogno di dodici paragrafi entro le 11:30" – disse Charlie, liquidando la telefonata.

Fu grazie a quello che si trovò davanti che la sua curiosità ebbe nuovamente la meglio nella battaglia delle sue emozioni.

L'Atletica era tornata *normale*. Cioè come la conosceva lui.

Jesse Owens. Maurice Greene. Donovan Bailey. Asafa Powell. Perfino lo scandaloso Ben Johnson. E pure Usain Bolt.

C'erano tutti.

Tutti i record.

Tutte le storie.

Tutte le emozioni olimpiche e mondiali.

A quel punto un'ipotesi, per quanto assurda, iniziò a farsi avanti nella sua testa: era possibile che il nuovo viaggio avesse annullato gli effetti del precedente?

*

Paul passò quasi un'ora a rimuginare su quella nuova, inaspettata, sorpresa.

Il tempo però stringeva, e la consegna del pezzo urgente richiestogli da Charlie si faceva sempre più incombente.

Avendo tanto bisogno di capire, chiarire, comprendere, si preparò rapidamente, indossando i vestiti del giorno prima, per dirigersi al *The Lord Moon of the Mall*.

Solo Tom poteva capirlo, e solo lui poteva essere in grado di aiutarlo a risolvere questo enigma, questo rebus intricato.

"Oh, ciao Paul!" – disse, non appena entrò nel locale, Arianna, la cameriera italiana che spesso prendeva le sue ordinazioni – "Il solito?"

"Sì, Arianna, grazie" – rispose.

"C'è Tom?"

"Non è ancora arrivato!" – replicò, mostrando quel suo bellissimo sorriso accogliente – "Dovrebbe essere qui per mezzogiorno, ieri ha fatto chiusura ed era molto stanco".

"Va bene, lo aspetterò!" – rispose, pensando che in fondo andava pure bene: poteva concentrarsi meglio sul pezzo su Bolt.

*

Recuperare gli appunti sul velocista giamaicano non fu complicato, anche perché Paul scoprì quasi immediatamente che tutti i suoi articoli e le sue annotazioni riguardanti il mondo dell'atletica erano conservate nella solita cartella di dropbox, con l'aggiunta di quel materiale che aveva scritto nel *nuovo* presente, ma di cui ovviamente non aveva alcuna memoria.

Non impiegò tanto tempo a chiudere l'articolo e inviarlo a Charlie, e di questo si stupì, poiché la sua mente era interamente rivolta a quanto aveva scoperto qualche ora prima.

Chiuso il documento sul computer, alzò lo sguardo: proprio in quell'istante fece il suo ingresso nel locale Tom, con Arianna che lo accolse indicando nella direzione dove Paul si trovava.

"Arianna mi ha detto che mi stavi cercando".

"Sì, ho un problema con i viaggi" – disse, intimorito, Paul – "Ne ho fatto un secondo, e sono successe due cose".

"Hai fatto un secondo viaggio diverso dal primo?" – rispose, stupito, Tom – "È la prima volta che sento una storia del genere".

"Sì, ma non è tutto" – replicò Paul – "È possibile che ciò che è successo nel passato che ho visto possa aver cambiato il presente?"

Passarono dei secondi, lunghissimi, poi Tom disse: "L'unica cosa che so dirti di più, è che altri viaggiatori mi hanno detto di passati concernenti le loro vite."

"Aspetta… In che senso un passato relativo alla loro vita?"

"Che per tutti il passato vissuto aveva senso, e per nessuno è stato un'esperienza così traumatica come per te."

Tom si alzò, e si affrettò a servire altri clienti, lasciando Paul solo con i suoi pensieri, con i dubbi sul futuro. L'alternarsi di tutte quelle sensazioni contrastanti sui viaggi e sugli effetti collaterali aveva causato, in lui, una costante sensazione d'incertezza.

In particolare, si soffermò a pensare continuamente a quel riferimento di Tom sul "relativo alla loro vita".

L'unica cosa cui riusciva a pensare, per dare senso a quella frase, erano i suoi due oggetti ritrovati, identici, sia a Berlino che a Rio de Janeiro.

Al di là di quello, di un qualcosa cui non riusciva a dare un significato proprio, non aveva la benché minima idea di cosa lo aspettasse nel futuro.

E, soprattutto, di cosa fare nell'eventualità di un altro viaggio.

Paul

A metà mattinata la Jubilee Line aveva perso gran parte dei *commuters* che la riempivano fino all'ultimo angolo.

Bastò però la vista di una foto del Barcellona, stampata su una pagina dell'*Evening Standard* che una persona davanti a Paul stava leggendo, per ricordargli che era passato un mese dal Maracanà.

Mese che Paul aveva speso lontano dal lavoro e da qualsiasi possibilità di ritrovarsi nel passato, approfittando di alcune ferie arretrate e del rientro a Londra, per il periodo natalizio, di Emma.

La possibilità di condividere con lei ciò che era successo negli ultimi mesi servì quantomeno a farlo rasserenare.

Un mese dopo, era tempo di tornare a lavoro anche perché a Londra stava arrivando uno degli eventi sportivi preferiti in assoluto da Paul: l'annuale partita di Regular Season giocata dalla NBA in terra britannica.

NBA che, questa volta, aveva fatto le cose in grande, portando all'*o2 Arena* gli attesissimi Boston Celtics[35], protagonisti di un

---

[35] I Boston Celtics sono una delle franchigie storiche della NBA. Fondati nel 1946, detengono il record per il maggior numero di titoli vinti con 17.

grande inizio di stagione, e i Philadelphia 76ers[36], una delle squadre più giovani e divertenti dell'intera lega.

Sin dalle prime sfide tra Nets[37] e Raptors[38], ogni occasione per raccontare lo spettacolo della NBA dal vivo era per Paul utile per rivivere alcuni dei ricordi di gioventù più belli, oltre ad immergersi totalmente in un'ambiente professionalmente stimolante.

*

Ad ogni visione della figura stilizzata di Jerry West[39] la mente di Paul non riusciva a non pensare al suo primo approccio con la *National Basketball Association*.

---

[36] I Philadelphia 76ers, detti anche Sixers, sono una delle franchigie della NBA. Fondati nel 1946 con il nome di Syracuse Nationals, hanno vinto tre titoli NBA.

[37] I Brooklyn Nets sono una franchigia facente parte dell'Atlantic Division della NBA. Trasferitisi nel 2012 a Brooklyn, per larga parte della loro storia sono stati noti come New Jersey Nets.

[38] I Toronto Raptors sono, ad oggi, l'unica franchigia non statunitense facente parte della NBA. Fondati nel 1995, sono parte dell'Atlantic Division.

[39] Jerry West (Chelyan, West Virginia, 28 maggio 1938) è un ex giocatore (attuale dirigente) NBA, inserito nella Hall of Fame nel 1980 e nella lista dei 50 migliori giocatori NBA di tutti i tempi. È anche noto per essere, probabilmente, il giocatore rappresentato nel logo della stessa NBA.

Lo stesso approccio che poi coincise, di fatto, col suo avvicinamento al mondo della pallacanestro.

L'estate del 1993 fu sicuramente agrodolce per Paul Stephenson: se da un lato i pochi ricordi del padre Jack, morto cinque anni prima, cominciavano a sbiadire lentamente, dall'altro sua madre Alice e suo nonno Paul, di fatto un secondo padre, cercarono di non fargli mancare mai nulla.

A tredici anni, infatti, Paul viaggiò per la prima volta al di là dell'Oceano, per due settimane vissute interamente alla scoperta di quelle città della *East Coast* che aveva visto, sino a quel momento, soltanto nei film e nelle serie tv.

Il nonno lo accompagnò, quella volta, con l'obiettivo malcelato di trasformare l'amore che il nipote provava per gli Stati Uniti in amore per la pallacanestro, in particolare quella americana: la migliore in assoluto.

Era proprio la pallacanestro lo sport preferito dal nonno, uno sport seguito giornalisticamente per oltre trent'anni in giro per il mondo.

Ed era a lui che Paul Stephenson si era sempre ispirato da quando aveva deciso di intraprendere una carriera da giornalista e scrittore sportivo.

Quel viaggio ebbe il suo apice nella magica serata del 25 maggio, il compleanno di Paul. Come regalo, il nonno decise di portarlo al *Madison Square Garden*[40], dove New York Knicks[41] e Chicago Bulls[42] si sarebbero affrontate per Gara 2 delle *Eastern Conference Finals*[43].

Da quel momento, il basket entrò a far parte della vita di Paul in modo discreto, sotto traccia, non sostituendosi alla passione principale che restava sempre il calcio, ma conquistando un posticino all'interno del suo cuore.

*

L'atmosfera, fuori dall'*o2 Arena*, era già elettrica, nonostante alla partita tra Celtics e Sixers mancassero due giorni.

---

[40] Il Madison Square Garden è una delle arene sportive (e non) più iconiche del mondo. L'attuale arena è stata aperta nel 1968 ed è casa, oltre che dei New York Knicks, di hockey, basket femminile e universitario, concerti e incontri di boxe e wrestling.

[41] I New York Knicks sono, insieme ai Boston Celtics, una delle due franchigie originariamente presenti nella prima stagione NBA (1946) che ancora fanno parte, immutate per nome e origine, della lega americana. Hanno vinto due titoli NBA.

[42] I Chicago Bulls sono una franchigia NBA facente parte della Central Division. Generalmente noti per l'essere stati la principale squadra di Michael Jordan, hanno vinto sei titoli NBA, tutti negli anni '90.

[43] Le Eastern Conference Finals sono una serie, al meglio delle sette partite, che si gioca tra le due migliori squadre NBA situate nella parte orientale degli Stati Uniti (includendo i canadesi Raptors). La squadra vincitrice accede alle Finali NBA, dove affronta, sempre al meglio delle sette partite, la vincitrice delle Western Conference Finals.

L'accesso all'Arena, in quell'umida mattina di gennaio, era limitato soltanto ai giornalisti accreditati per seguire gli allenamenti e le conferenze stampa, ma gli addobbi a tema NBA erano già pronti ad accogliere i tifosi che, due giorni dopo, avrebbero riempito tutti i posti a sedere.

Paul era abituato a seguire i tanti eventi che si tenevano, annualmente, in quell'Arena; aveva l'abitudine, ogni volta, di mettere a paragone gli "addobbi" celebrativi dei vari eventi, arrivando spesso a preferire quelli relativi al Master di Tennis.[44]

"Hanno fatto le cose in grande, stavolta".

Questo pensiero gli pervase la mente quando, non appena messo piede sulle ripide scale mobili in uscita dalla stazione di North Greenwich, cominciavano a palesarsi i primi gonfaloni e manifesti promozionali.

Le pareti della stazione erano affollate dalle gigantografie dei giocatori più rappresentativi delle due squadre, come Gordon Hayward[45], Isaiah Thomas[46], Joel Embiid[47] e Ben Simmons[48]; in

---

[44] Il Master di Tennis, conosciuto come ATP World Tour Finals, è un torneo di tennis maschile che si disputa ogni anno, nel mese di novembre, con la partecipazione dei migliori 8 tennisti della stagione appena conclusa.

[45] Gordon Hayward (Indianapolis, Indiana, 23 marzo 1990) è un giocatore NBA. Per i suoi primi sette anni nella lega è stato membro degli Utah Jazz; è approdato ai Boston Celtics nel mese di Luglio 2017.

aggiunta a ciò due gonfaloni alti più di tre metri dominavano il piazzale d'ingresso della fermata della metropolitana, insieme al *Larry O'Brien Trophy*[49] posto dentro una teca di vetro.

Quel martedì mattina, il primo giorno pieno delle squadre in città, si dava la possibilità ai giornalisti accreditati di poter fare alcune riprese e delle interviste di gruppo; per le interviste individuali, invece, bisognava prenotarsi e, secondo disponibilità, si sarebbero organizzati dei meeting direttamente nei lussuosi hotel a 5 stelle dove le due squadre alloggiavano.

Dato il relativo interesse che Paul, tiepido tifoso dei Knicks sin da quella notte newyorchese, provava a livello personale per la partita e considerato anche l'interesse per la NBA da parte dei media tradizionali britannici, l'unico pezzo formalmente

---

[46] Isaiah Thomas (Tacoma, Washington, 7 febbraio 1989) è un giocatore NBA, membro dei Boston Celtics. Scelto nel 2011 con la 60° (ultima) scelta del draft NBA, è uno dei giocatori più bassi della lega.

[47] Joel Embiid (Yaoundé, Camerun, 16 marzo 1994) è un giocatore NBA, membro dei Philadelphia 76ers. Scelto nel 2014, a causa d'infortuni ha debuttato nella NBA soltanto nella stagione 2016-17.

[48] Ben Simmons (Melbourne, Australia, 20 luglio 1996) è un giocatore NBA, membro dei Philadelphia 76ers. È stato la prima scelta del Draft 2016, ma ancora non ha debuttato in NBA a causa d'infortuni.

[49] Il Larry O'Brien Trophy è il trofeo che viene assegnato alla squadra vincitrice del campionato NBA. È dedicato alla memoria di Larry O'Brien, Commissioner della NBA tra il 1975 e il 1984.

richiestogli per quella settimana concerneva l'evoluzione del rapporto tra l'NBA e il resto del mondo, quello oltreoceano.

Questo fu senz'altro un sollievo, giacché l'ansia e i sensi di colpa dovuti agli effetti del viaggio in Brasile stentavano a lasciarlo.

Sebbene la partita tra Celtics e Sixers fosse uno dei pochi motivi che lo avrebbe spinto a uscire, seppur momentaneamente, da quello stato di totale incertezza, l'idea di rientrare a pieno ritmo, frenetico, e a scrivere tanto, lo ansiava ancora di più.

Seduto in parterre, Paul osservava le fasi finali dell'allenamento di Boston, approfittandone per riordinare un po' i primi appunti riguardanti il pezzo.

Nello scrivere del lungo viaggio fatto dalla NBA, nel corso degli anni, per diventare una lega veramente globale, scrisse l'unica parola che, consapevolmente, non avrebbe mai voluto scrivere in quel momento.

Gamechanger.

*

Rispetto a Berlino e a Rio de Janeiro, capire dove questo viaggio l'avesse portato non fu facile per Paul.

A differenza del passato, infatti, era "atterrato" direttamente all'interno di una hall, e i pochi riferimenti al luogo erano tutti coperti dalla moltitudine di persone che affollava l'entrata, desiderosi di prendere biglietto.

Attorno a lui tutti parlavano tedesco, e i suoi ricordi della lingua erano troppo arrugginiti per avere una piena comprensione di dove si trovasse.

I vestiti che indossava erano più 'estivi' sia di quelli che aveva, fino a qualche minuto prima, all'interno dell'*o2*, sia di quelli che si ritrovò a Berlino e a Rio.

Frugò nelle tasche, trovando il suo solito kit da lavoro e un anonimo pezzo di cartoncino, recante il suo nome, modificato in Stevenson invece che Stephenson, e la scritta *Presseausweis*[50].

La precarietà del cartoncino si intuiva anche dal fatto che fosse scritto a penna, senza alcun logo o riferimento all'evento.

Paul sfruttò le sue risicate basi di tedesco per farsi strada nei corridoi, seguendo le indicazioni "*Presse*".

Fu soltanto quando arrivò in tribuna stampa che, guardandosi intorno e scorgendo vari poster promozionali, realizzò dove fosse finito: era la finale di pallacanestro maschile alle Olimpiadi di Monaco 1972.

Stati Uniti contro Unione Sovietica.

---

[50] "Tessera da giornalista" in tedesco.

La partita che lui conosceva come la prima, storica, sconfitta americana nella storia del basket olimpico, avvenuta in piena Guerra Fredda e a pochi giorni dall'attentato al Villaggio Olimpico e l'uccisione di undici atleti israeliani.

Mancando ancora una decina di minuti alla palla a due, Paul sfruttò il tempo per girovagare intorno alla scoperta dell'*Olympische Basketballhalle*[51].

Appena fuori dalla zona dedicata alla stampa vide un bar, e non avendo nemmeno un marco in tasca non poté che chiedere al barista un bicchiere d'acqua di rubinetto.

Mentre si dissetava notò, quasi dall'altra parte del bancone, una figura che gli sembrava, assurdamente, familiare.

Essendo di spalle, inizialmente scorse soltanto i suoi capelli dal colore castano chiaro, quasi tendente al biondo, e una corporatura slanciata e apparentemente alta.

Fu solo quando riprese a sorseggiare il suo bicchiere d'acqua che sentì parlare l'uomo misterioso, e tutto gli fu più chiaro, incomprensibilmente più chiaro.

"*Wunderbar*".

---

[51] Originariamente teatro delle partite dei tornei di basket dell'Olimpiade di Monaco 1972, è stata restaurata nel 2011 ed oggi è casa della squadra di basket del Bayern Monaco.

Conosceva solo una persona capace di dire quella parola con quell'intonazione quasi solenne e quel timbro di voce, e sebbene lo ricordasse decisamente più anziano, fu in grado di riconoscerlo dalle foto che sua madre gli mostrò quando era piccolo.

Perché il *Wunderbar* pronunciato, con entusiasmo, sull'altra parte del bancone, apparteneva a suo nonno, Paul.

*

"Paul, non ti addormentare... siamo quasi arrivati!"

Paul Andern si rivolse all'omonimo nipote col suo solito tono squillante, quasi incurante del fatto che stesse dormendo.

Aveva un ottimo motivo per svegliarlo: Canterbury era la prossima uscita, e i borsoni che riempivano la parte posteriore della sua vecchia automobile non si sarebbero certo scaricati da soli.

"Nonno, quanto ho dormito?"

"Eh, un bel po'" – rispose – "Ti sei addormentato dopo Greenwich Park, evidentemente le mie storie ti facevano dormire".

"Sai benissimo che non è vero, nonnino" – disse Paul, stritolandolo dolcemente – "Ieri ho fatto tardissimo con i miei amici".

"Beh, adesso iniziano le robe serie" – replicò il nonno – "Dovrai saper bilanciare bene il tempo tra cose futili e cose serie".

"Sì, sì... lo so"

Arrivati davanti alla residenza dove Paul Stephenson avrebbe vissuto per tutti i suoi anni universitari, Paul Andern tirò fuori un pacchetto di carta raffazzonato alla meglio, e lo porse verso suo nipote.

"Questo è per te, come buon auspicio" – disse.

"...Nonno, ma non dovevi"

Paul scartò bramosamente il pacchetto, che rivelò un vecchio ed elegante portamine.

"È quello che mi regalò mio padre il mio primo giorno di lavoro, è quello che ho portato con me in tutte le trasferte, in tutti gli eventi che ho coperto nella mia carriera".

Paul quasi si commosse, al che suo nonno continuò.

"Adesso serve molto di più a te che a me, anche se sta diventando abbastanza fuori moda" – disse – "Ti porterà fortuna e, oltre a ricordarti di me, ti motiverà a inseguire i tuoi sogni e a realizzarli... Non dimenticare mai che la scrittura è la chiave di tutto nella tua vita, e sempre lo sarà".

"Anche perché" – continuò – "Il cambio è nel nostro destino!".

Paul abbracciò il suo omonimo nonno, e insieme si avviarono verso la reception della residenza, per fare il check-in.

*

Le risate dei giocatori dei Sixers, seduti poco dietro sulle tribune ad aspettare il proprio turno per iniziare l'allenamento, furono la prima cosa che Paul sentì una volta tornato a Londra.

Ciò che provò dopo aver vissuto quel flash premonitore fu una sensazione inaspettata: un misto tra curiosità, ansia, sensi di colpa.

Ma il magone che lo assalì, per l'immagine del suo giovane nonno seduto, a sorseggiare una fresca birra, al bar del vecchio *Olympische Basketballhalle* di Monaco, fu devastante.

L'ultima volta che Paul vide suo nonno, prima che questi morì, era stato più di dieci anni prima.

Paul Andern, infatti, si ammalò poco dopo la prima copertina conquistata da suo nipote con l'intervista a Forlan, e morì poco più un anno dopo, casualmente nella serata in cui la sua amata Germania fu eliminata dal mondiale di casa dall'Italia e dai gol di Grosso e Del Piero.

Paul, che era a Monaco per seguire la semifinale del giorno dopo tra Francia a Portogallo, tornò immediatamente a Londra, dove suo nonno viveva insieme a sua madre Alice, rinunciando a coprire anche la finale tra Italia e Francia, per stare vicino alla sua famiglia e alla morte del suo "secondo padre".

Paul Stephenson non aveva idea di cosa potesse significare, per lo sport come lo conosceva lui e per la storia dello stesso, tornare indietro a Monaco e rivivere la finale tra USA e URSS.

Non c'era, stavolta, curiosità o ansia. O meglio non erano le sensazioni dominanti.

A quel punto tornare indietro a Monaco significava, come prima cosa nella sua mente, rivedere suo nonno.

"No Basket!"

Gli scherzi di Embiid o l'incredibile etica del lavoro di Al Horford[52] erano quasi irrilevanti ormai.

L'attenzione di Paul verteva ormai totalmente su una nuova incognita: i suoi *viaggi*.

Il dettaglio più doloroso.

Anche perché, riflettendoci, chi poteva escludere che, tornando indietro nella Monaco del 1972 e interagendo con il suo giovane nonno, Paul potesse cambiare la sua stessa esistenza?

Ragionamenti del tipo *"hai visto troppi film di fantascienza"* perdevano di significato una volta passato in rassegna ciò che aveva vissuto, provato e sentito negli ultimi sei mesi.

A Berlino e a Rio de Janeiro, le persone con cui aveva interagito erano state avvicinate da lui alla vista di quei due oggetti, la stilografica e il blocco per gli appunti, identici a quelli "ereditati" nelle sue esperienze personali.

_____

[52] Al Horford (Puerto Plata, Rep. Dominicana, 3 giugno 1986) è un giocatore NBA, membro dei Boston Celtics. Ha disputato le sue prime 9 stagioni NBA con gli Atlanta Hawks.

Stavolta, però, la persona nel *destino* di questo nuovo viaggio non era uno sconosciuto.

Era l'esatto opposto.

Per placare i suoi dubbi, essendo impossibilitato a muoversi dall'*o2* a causa del suo lavoro, Paul scrisse un messaggio a Tom.

"È mai cambiata la vita degli altri *viaggiatori*?"

Aspettando la risposta, Paul provò a destreggiarsi tra i manipoli di giornalisti che circondavano ogni giocatore dei Celtics e ogni membro dello staff tecnico, a cominciare da coach Stevens[53].

Distratto, registrò sul suo telefono soltanto alcune dichiarazioni di un paio di giocatori, di scarsa qualità, poiché per ogni gruppetto Paul era riuscito a posizionarsi soltanto all'esterno, quasi defilato.

Mentre stava registrando qualche frase di Isaiah Thomas, però, il cellulare vibrò: Tom aveva risposto.

"No, non in maniera irreversibile o finanche moderata…"

---

[53] Brad Stevens (Indianapolis, Indiana, 22 ottobre 1976) è un allenatore di basket, parte dei Boston Celtics dal 2013. In precedenza ha allenato l'Università di Butler dal 2007 al 2013, raggiungendo per due volte la finale NCAA (2010 e 2011).

"Ma i tuoi viaggi non sono, stando a quello che mi dici, come quelli degli altri…".

Quest'ultima frase fece venire a Paul un tremendo brivido, lungo tutta la schiena.

Ciò che aveva appena letto non placava i suoi dubbi e le sue perplessità, ma, se possibile, li aumentava a dismisura.

Sfruttati alla meglio, considerando che la sua mente continuava ad essere altrove, i minuti di *media availability* dei Sixers, Paul si diresse rapidamente verso casa, preferendo prendere un taxi per arrivare prima ed essere raggiungibile al telefono in ogni momento.

Lungo la strada per casa, ritardata da un traffico che riempiva le strade di Londra rendendole impraticabili, Paul rifletté a lungo sulle alternative davanti a lui.

La quasi ora trascorsa sul taxi, però, non servì a molto.

Fu soltanto quando entrò in casa, alla visione di una tazza di caffè bollente sul tavolino del soggiorno, che capì che avrebbe trovato le sue risposte.

"Me lo sono appena fatto" – disse Emma, indicando la tazza – "Ce n'è anche per te, se vuoi".

Non aspettandosi di trovarla a casa, Paul chiese lumi ad Emma, che rispose: "Mi hanno spostato il volo, parto domenica sera".

"E poi pensavo avessi bisogno di compagnia, mi sei sembrato molto giù di morale ieri sera".

Paul si sedette sul divano, accanto ad Emma, e dopo aver sospirato, pesantemente, si commosse, e si sfogò a lungo, raccontandole della breve incursione di Monaco, di quanto gli mancasse suo nonno, e di come non sapesse più cosa fare.

"Ti sei mai realmente pentito di essere curioso?" – chiese Emma.

"No" – rispose Paul – "Ma non vuol dire che non può esserci una prima volta per tutto".

"Dai Paul, ti conosco… Questa risposta non è da te" – Emma disse in maniera piuttosto perentoria.

"Capisco la paura, ma stando a quello che mi hai detto non hai alcun motivo per temere cambiamenti catastrofici".

"Inoltre" – proseguì Emma – "Hai la possibilità di rivedere tuo nonno, vuoi fartela sfuggire?".

"Ci devo pensare" – rispose Paul – "Grazie, è stato d'aiuto".

"Ti amo, sono con te".

*

La notte portò consiglio, e di buon mattino Paul si diresse verso il *Lord Moon of the Mall*.

Per tranquillizzarsi, e affrontare il *viaggio* nel migliore dei modi, e con il migliore degli stati d'animo, aveva bisogno di essere rassicurato dalla presenza di Tom Blauer, e dall'ambiente accogliente del suo pub preferito, del posto dove tutto era iniziato.

Il sorriso smagliante di Arianna lo accolse nel locale, e un piatto abbondante di *English Breakfast* occupò il suo tavolo.

"C'è Tom?" – chiese Paul.

"È in cantina" – rispose Arianna – "Te lo chiamo?"

"No, tranquilla, chiedevo per chiedere".

Paul degustò la sua colazione, e una volta finita tirò fuori dal suo borsone il suo materiale da lavoro per mettersi a scrivere.

La bozza del pezzo procedeva bene, e quando stava per arrivare al punto di usare quella parola, Paul trasalì un momento.

Durò lo spazio di un secondo: le parole motivanti di Emma, unite alle sue riflessioni notturne, lo convinsero sull'opportunità di andare avanti, e vedere ciò che Monaco aveva in serbo per lui.

*

L'atmosfera nell'*Olympische Basketballhalle* era elettrica, la partita stava per iniziare. Sugli spalti l'aria era tesa, anche a causa dell'atmosfera tesa che si palpava in tutto l'ambiente olimpico dopo gli attentati del Settembre Nero.

La finale, giocata tra Stati Uniti e Unione Sovietica, fu celebre poiché si trattò della prima sconfitta assoluta della pallacanestro americana alle Olimpiadi.

Americani che, fino a quel 9 settembre 1972, avevano dominato la scena del basket olimpico sin dall'istituzione, dello stesso, nel 1936.

La forza delle selezioni universitarie con le quali gli Stati Uniti si presentavano, ogni quattro anni, a disputare le Olimpiadi era impareggiabile per qualsiasi avversario; ciò nonostante anche quattro anni prima, a Città del Messico, gli americani faticarono per avere la meglio di una tenace Portorico nella fase a gironi, e pure le due vittorie con Brasile in semifinale e Jugoslavia in finale, furono meno nette che in passato.

Preso posto in tribuna stampa, Paul si guardò più volte intorno per capire dove fosse seduto suo nonno, non scorgendolo inizialmente e notandolo soltanto dopo qualche minuto, a partita già iniziata.

I sovietici condussero il gioco confortevolmente per tutto il primo tempo, spinti da un maestoso Sergei Belov[54], chiudendo i primi venti minuti di gioco in vantaggio per 26 a 21.

---

[54] Sergei Belov (23 gennaio 1944 – 3 ottobre 2013) è stato un giocatore di

Nelle otto partite giocate prima della finale, gli americani si erano sempre distinti per una difesa arcigna, capace di contenere gli avversari ad appena 43 punti di media a partita, un risultato ragguardevole per l'epoca.

In quei primi 20 minuti, però, faticarono a prendere le misure al talento e alla fisicità dei giocatori sovietici, arrivati anche loro all'atto conclusivo con un percorso netto: otto partite, otto vittorie.

Paul approfittò dell'intervallo, oltre che per rifocillarsi vista l'ora tarda[55], anche per cercare un modo per parlare con suo nonno.

Imbarazzato, se lo ritrovò davanti appena pagato l'hot dog al bar.

La vista del sangue del suo sangue, della versione umana di quelle foto viste innumerevoli volte nel salotto di sua madre, continuava ad essere traumatizzante.

"*Hallo*" – disse Paul, piuttosto titubante.

"Oh, salve" – rispose il nonno, con un pesante accento germanico – "Immagino che lei non sia madrelingua tedesco".

---

basket russo, considerato come uno dei migliori giocatori europei di sempre. Ultimo tedoforo alle Olimpiadi di Mosca 1980, è stato il primo giocatore straniero ad essere inserito nella Basketball Hall of Fame.
[55] La partita iniziò alle 23:30, ore tedesche.

"Eh no, sono inglese" – replicò – "Piacere, (...) Frank Stephenson".

"Paul Andern"

"Non potevo fare a meno di notare il suo portamine, è molto bello".

"Sì, è un regalo di mio padre, ci tengo moltissimo".

Paul, che si era presentato con il suo secondo nome per evitare ripercussioni sul suo presente, seguì il suo giovane nonno al posto, sedendosi vicino a lui.

Mentre ascoltava una serie di aneddoti che lo distraevano dal lento ritmo della partita, Paul notò come sino a quel momento la finale fosse identica a come la conosceva lui.

"Che non ci sia un cambiamento?" – pensò – "Che sia solo un modo per rivedere mio nonno?".

Mentre pensava a tutto questo, scorse negli spalti il volto autoritario di Renato William Jones[56], il segretario generale della FIBA che, nel *suo* presente, era stato decisivo per far

---

[56] Renato William Jones (Roma, Italia, 5 ottobre 1906 – Monaco, Germania Ovest, 22 aprile 1981) è noto per essere uno dei padri fondatori della Féderation Internationale de Basketball Amateur (FIBA), il massimo organo mondiale della pallacanestro. Fu colui che convinse il CIO a organizzare un torneo di basket olimpico, da Berlino 1936.

ripetere il possesso che portò al contestatissimo canestro di Aleksandr Belov e, quindi, alla vittoria sovietica.

Si entrò nell'ultimo minuto con gli Stati Uniti a ridosso dell'URSS, e a pochi secondi dal termine arrivò la svolta: Doug Collins[57], dopo aver intercettato un passaggio a metà campo, subì un fallo durissimo da parte di Sakandelidze, andò in lunetta con due tiri liberi da tirare e gli americani sotto per 49-48.

Collins segnò regolarmente il primo, e fece altrettanto con il secondo.

Stati Uniti: 50.

Unione Sovietica: 49.

Tre secondi da giocare.

Per la prima volta gli americani erano davanti, e la loro imbattibilità sembrava ancora intatta.

E lì Paul cominciò a sentire qualcosa di strano.

---

[57] Doug Collins (Christopher, Illinois, 28 luglio 1951) è un ex giocatore e allenatore di pallacanestro. Fu prima scelta nel Draft NBA 1973, ed è ricordato, da allenatore, per essere stato il primo *mentore* di Michael Jordan in NBA.

Perché, nel suo presente, proprio allora era cominciato il caos di quegli eterni tre secondi: la sirena che segnalava la fine del tempo partì, dal tavolo degli ufficiali di gara, all'improvviso, per segnalare la richiesta di un time-out sovietico. La mancata assegnazione di quel time-out, e il dubbio che ne scaturì, fu poi una delle micce che portò alla ripetizione della rimessa, degli ultimi tre secondi, e, conseguentemente, al canestro di Belov.

In quel momento, però, non accadde nulla di tutto ciò.

Il kazako Zharmukhamedov, di fatto, rimise in gioco il pallone, servendo *l'altro* Belov, il più talentuoso Sergei, che riuscì ad aggirare la difesa avversaria e a tentare un tiro da metà campo, che andò a segno tra lo stupore generale di tutti.

Tuttavia ciò che l'arbitro brasiliano della finale, l'esperto Renato Righetto[58], notò fu che, al momento del tiro di Belov, il tempo era scaduto da un paio di secondi, soltanto che la sirena, non funzionante, non aveva suonato.

Pertanto l'arbitro non ebbe altra scelta che segnalare, sbracciandosi vistosamente e vigorosamente, come il canestro non fosse buono, tra le proteste della panchina sovietica.

---

[58] Quella di Monaco fu la terza finale olimpica per Righetto, che aveva arbitrato anche l'atto conclusivo di Roma 1960 e di Città del Messico 1968.

"NO BASKET!" – esclamò.

A quel punto giunse in campo Jones, che dopo essersi confrontato con gli ufficiali di campo appoggiò, anche a livello *politico*, la decisione dell'arbitro, confermando la vittoria americana.

Paul era incredulo, e stupefatto.

Questo *nuovo* finale, oltre ad essere radicalmente diverso da quello a lui noto, lo travolse per l'incredibile adrenalina che fu in grado di trasmettere a tutti i presenti.

Si voltò, per cercare lo sguardo dell'*altro* Paul, che però si stava intrattenendo con alcuni colleghi, commentando ciò che avevano appena visto.

Nel caos totale dell'*Olympische Basketballhalle* fu in grado di udire, univocamente, soltanto il suo classico *Wunderbar*.

Fu a quel punto che Paul capì di dover tornare a casa e scrisse *The Game is Changed* sul suo taccuino.

Stavolta la storia era decisamente cambiata.

*

Senza alcuna sorpresa, Paul ritrovò il suo presente come l'aveva lasciato, prima di *partire*.

Si riprese con l'aiuto del caffè e, di lì a poco, si rese conto di essere tornato molto più tranquillo di quanto non lo fosse dopo gli altri due *viaggi*.

Certo, ancora non aveva idea di cosa lo aspettasse nel *nuovo* presente, ma la consapevolezza che il temuto incontro col nonno fosse avvenuto senza apparenti strascichi o con nessun particolare sconvolgimento contribuì a tranquillizzarlo.

Ordinò addirittura un altro caffè, accompagnato da quelle paste squisite che talvolta attentavano alla sua linea rispettabile, e temporeggiò ancora un'altra ora prima di dirigersi verso casa.

Camminando per Whitehall, osservava calmo l'andirivieni di *commuters* ormai alla fine della loro giornata di lavoro, gli stessi che rallentavano l'accesso all'entrata della fermata di Westminster.

Fu grazie a questo accesso rilento che Paul, voltatosi verso i poster promozionali, notò due immagini inconsuete.

A sinistra vi era il poster di un (apparentemente) innocuo concerto di Adele, tornata a cantare dal vivo dopo la pausa *indeterminata* dell'estate precedente.

A destra, invece, c'era l'avviso di un'imminente amichevole di lusso tra le nazionali di calcio di Inghilterra e Brasile, da disputarsi due mesi dopo a Wembley, in preparazione al Mondiale 2018.

Due erano gli aspetti incongruenti: il concerto di Adele, che si sarebbe tenuto l'indomani, giorno della partita tra Celtics e Sixers, all'*o2 Arena*, e il fatto che nella partita contro il Brasile, il faccione più in evidenza era di Neymar da Silva Santos Junior.

Era nuovamente cambiato tutto.

Overseas

"Ma... l'NBA esiste... Cosa è successo?"

Dopo essere collassato sul letto per la stanchezza, Paul si svegliò di buon mattino e, come prima cosa, si mise a cercare online quali fossero le novità di quel presente in cui si era ritrovato.

L'NBA esisteva ancora, anche lì. Ma era totalmente diversa da quella lega che, superata la crisi degli anni '70, riuscì a diventare un punto di riferimento per lo sport globale.

I due modi attraverso i quali l'NBA superò quella crisi (l'accordo per risolvere la causa *Robertson*[59] *v. National Basketball Association*[60] e la conseguente fusione con la ABA[61]) non avvennero come Paul li conosceva.

---

[59] Oscar Robertson (Charlotte, Tennessee, 24 novembre 1938) è un ex giocatore di basket. È uno dei due giocatori ad aver chiuso una stagione NBA con una tripla doppia (punti, rimbalzi e assist in doppia cifra) di media. È un due volte Hall of Famer (individuale e come parte della squadra campione olimpica a Roma 1960).

[60] La causa fu intentata da Robertson, in qualità di presidente dell'Associazione Giocatori, alla luce della possibile fusione tra NBA e ABA, con l'obiettivo di semplificare le restrittive regole che consentivano un controllo totale, da parte delle squadre, delle carriere dei singoli giocatori. La causa quindi impedì qualsiasi fusione fino al 1976, anno dell'accordo tra le parti, che avvenne quando l'NBA acconsentì alla possibilità che i

La *National Basketball Association* non si accordò mai con Robertson per la chiusura della causa nel 1976. Si trattava, col senno di poi del *leading case* che gettò le basi per la gestione strutturale e finanziaria della nota lega globale; il mancato accordo impedì la fusione cui NBA e ABA stavano lavorando sin dal 1970, quindi sin da prima della finale di Monaco.

L'NBA di quel nuovo presente annoverava sedici franchigie, sostanzialmente quelle presenti a metà degli anni '70 prima della fusione (con la sola eccezione dei Kansas City Kings, che abbandonarono la lega alla volta della ABA nel 1982), e al di là di alcuni tornei estivi di esibizione le due leghe non interagivano, di fatto, mai fra di loro.

L'ABA, invece, era sopravvissuta al suo periodo di declino, aumentando le squadre (fino a un totale di 14) e riacquistando una relativa popolarità sullo stimolo di quelle innovazioni come la linea del tiro da tre punti o la gara delle schiacciate che la resero celebre, arrivando ad avere una sostenibilità economica che ne consentì la sopravvivenza e una rinnovata rivalità con la NBA.

---

giocatori potessero diventare *Free Agents* al termine dei loro contratti.

[61] La ABA (American Basketball Association) fu una lega professionistica che nacque nel 1967, in un periodo in cui le classiche *major leagues* degli sport americani dovettero fronteggiare rivalità emergenti. Visse fino al 1976, anno della fusione con la NBA, ma ad essa si devono innovazioni come l'istituzione della linea del tiro da tre punti o la gara delle schiacciate.

Tutto ciò aveva comportato, nel medio e lungo periodo, una serie di *side effects*, quasi come un gigantesco effetto domino.

Gli Stati Uniti continuarono a giocare tornei internazionali come le Olimpiadi e i Mondiali con selezioni di giocatori universitari, mancando la medaglia d'oro a edizioni dei Giochi Olimpici come Seul 1988, Barcellona 1992, Sydney 2000 e Pechino 2008; ad Atene 2004, invece, riuscirono a conquistarla grazie ad una selezione di giocatori universitari che annoverava, tra gli altri, LeBron James e Carmelo Anthony.

Le due leghe si aprirono in maniera piuttosto riluttante ai giocatori stranieri, facendo sì che i migliori team europei fossero su un livello assolutamente paragonabile a quello delle migliori franchigie NBA e ABA.

A risentire di questa situazione era essenzialmente il basket, confinato al ruolo di sport di nicchia con un *appeal* decisamente inferiore a quello di "giganti" mondiali come calcio, motori, atletica, nuoto e tennis.

In aggiunta, a contrapporsi a questa nuova realtà, c'erano il ritorno alla *normalità* del calcio, e l'annullarsi di quella sensazione mista e altalenante che il ridimensionarsi del Brasile nella storia del calcio aveva suscitato in Paul.

Ciò che aveva visto nella locandina a Westminster trovò conferma ovunque: Neymar esisteva, così com'erano esistiti prima di lui Ronaldo[62], Romario[63], Zico[64] e Pelé.

Il calcio brasiliano era tornato al posto che la storia gli aveva, legittimamente riservato, ma anche lo stesso *football* era leggermente cambiato.

Venuta a mancare la popolarità dell'NBA e, di conseguenza, l'esempio di una lega chiusa a livello mondiale, il calcio stesso rimase sulle sue antiche tradizioni sia a livello di coppe –con la Coppa delle Coppe ancora in vita, e la Coppa dei Campioni limitata a non più di due squadre per nazione– che a livello di gestione dei campionati.

Con l'internazionalizzazione del calcio per club limitata rispetto al suo presente, le partite tra nazionali assumevano un'importanza maggiore, motivo per cui quell'amichevole di cui aveva visto il poster a Westminster diventava ancor più rilevante.

---

[62] Ronaldo Luiz Nazario de Lima (Rio de Janeiro, Brasile, 18 settembre 1976) è un ex giocatore di calcio. Soprannominato *Il Fenomeno*, è considerato uno dei migliori attaccanti di tutti i tempi grazie alle sue prodezze con le maglie, principalmente, di Barcellona, Inter e Real Madrid.

[63] Romario de Souza Faria (Rio de Janeiro, Brasile, 29 gennaio 1966) è un ex giocatore di calcio, oggi politico. Uno degli attaccanti più prolifici della storia del calcio, ha vinto con il Brasile il Mondiale del 1994.

[64] Arthur Antunes Coimbra, detto Zico (Rio de Janeiro, Brasile, 3 marzo 1953) è un ex giocatore di calcio, oggi allenatore. Considerato uno dei migliori giocatori al mondo nel periodo tra gli anni '70 e gli anni '80, è uno dei migliori marcatori di tutti i tempi della nazionale brasiliana (quinto, dietro Neymar, Romario, Ronaldo e Pelé).

Il suono della notifica di una nuova mail squarciò il silenzio che popolava lo studio di Paul e ne mise in pausa la ricerca.

"I: Conferma Accredito Inghilterra-Brasile".

A quanto pare Charlie aveva richiesto un accredito per gran parte della redazione, così da potere coprire in maniera estesa e approfondita la partita.

Letta la mail, Paul confermò la sua presenza, prima di chiudere il computer e di dirigersi da Tom al pub, nella speranza di ottenere qualche informazione in più sui suoi viaggi.

*

Mentre camminava alla volta del *The Lord Moon of the Mall*, Paul rifletté a lungo sugli elementi distintivi di ogni viaggio.

Le vetrine di Regent Street erano state in passato fonte d'ispirazione, e anche stavolta non lo delusero.

Passando davanti a un elegante negozio di cancelleria, Paul ripensò ai tratti comuni dei tre *viaggi* che aveva completato.

Pensò ai *suoi* tre oggetti: la stilografica, il blocco per gli appunti e il portamine.

Ma, a differenza delle altre volte, rimuginò anche su *come* avesse trovato quegli oggetti nel passato.

A Berlino fu l'incontro con Phillip Edwards, le cui iniziali si potevano ritrovare anche incise sulla stilografica. Soltanto che per Edwards le due lettere significavano le sue iniziali, mentre l'incisione rappresentava, per Paul, il suo nome accostato a quello di Emma.

A Rio toccò ad Hans Adolf Schmidt, il giovane e ostinato giornalista tedesco che scriveva, con cura quasi maniacale, le sue iniziali su ogni foglio del blocco per gli appunti.

A Monaco, invece, fu il turno di suo nonno. L'incontro con Paul Andern era stato breve ma intenso, e generalmente privo di interazioni utili a suggerire qualcosa di interessante ai fini del capire come venire a capo di tutto questo mondo.

I *commuters* continuavano a popolare Regent Street, e lo sguardo di Paul si perse nel vuoto.

Poteva essere dentro quei tre incontri la chiave di tutto?

Se sì, come poteva essergli utile Tom? O forse doveva rivolgersi a qualcun altro?

Nel dubbio, prese il cellulare in mano e rapidamente digitò la sequenza di tasti necessaria a comporre un breve ma incisivo messaggio: "E., possiamo vederci fra un'ora a Whitehall?"

*

Per tutto il giorno l'o2 Arena emanava un'elettricità in grado di dare luce a un piccolo villaggio.

L'atmosfera che riempiva l'aria attorno agli spalti, popolati al massimo della capacità, aveva contribuito a rendere speciale la giornata dedicata ai quarti di finale del torneo olimpico di basket maschile.

Argentina e Brasile erano giunte all'intervallo, permettendo a Paul di potersi momentaneamente allontanare a comprare un paio di hamburgers.

"Senza cipolla per me, lo sai" – disse Emma sorridendo.

Quell'8 di agosto Paul riuscì a dedicarlo interamente a Emma, con l'obiettivo di continuare a farle assaggiare l'atmosfera dei Giochi Olimpici.

Gli ultimi due quarti di basket erano l'ultima tappa di una giornata che li aveva visti assistere anche alle finali di sport nuovi per lei, come la lotta o il taekwondo.

"Ecco, cheeseburger senza cipolla" – disse Paul, porgendo un piccolo pacchetto di carta contenente l'hamburger ancora bollente.

"Comunque hai fatto bene a convincermi, il basket è divertentissimo" – rispose Emma, tra un morso e l'altro – "E poi i tifosi sono fantastici".

Il derby sudamericano tra argentini e brasiliani era sicuramente la partita di maggior fascino del ricco panorama giornaliero, con i tifosi di entrambi le nazionali che avevano creato un ambiente caldo sin dal primo momento.

"È solo che non riesco a intuire alcune delle regole" - continuò lei.

"Tipo?"

"Ho capito che le squadre hanno 24 secondi per completare un'azione di tiro e 8 secondi per passare una metà campo".

"Ok, poi?"

"Non capisco però qual è il problema con i 3 secondi".

Paul si fermò un attimo a riflettere per trovare le parole giuste, poi rispose: "Nessun attaccante, senza palla, può stare fermo per più di 3 secondi in quel rettangolo pitturato all'interno dell'area; in NBA la stessa regola vale anche per un difensore".

"Avevo intuito una cosa del genere, ma non ne ero sicura".

"Ho sempre saputo che sei una persona molto intuitiva!"

"Come fai a trasformare tutto in un complimento?" – disse Emma, con un sorriso che irradiò il suo volto, sprigionando un'energia paragonabile a quella dell'accalorato tifo dei tifosi sudamericani.

 "Con te viene naturale!" – rispose Paul, arrossendo.

Nel frattempo la partita era ripresa, e l'atmosfera dentro l'arena era, se possibile, ancora più elettrica.

A un certo punto, l'argentino Ginobili[65] si involò a canestro e fu fermato da un fallo duro di un suo avversario brasiliano.

L'arbitro immediatamente sollevò entrambe le braccia, e con la sua mano destra afferrò il polso sinistro, segnalando così un fallo antisportivo.

"Ma come antisportivo? Ma scherza?" – urlò qualcuno vicino a loro dagli spalti.

"Cosa intendono per fallo antisportivo?" – chiese Emma, incuriosita.

"Si deduce dalla parola stessa" – rispose Paul – "Indica la volontà del difensore di non volere giocare la palla, di andare 'contro lo sport' in sostanza".

"Tu trasformi tutto in un complimento, ma stavolta te ne faccio uno io" – replicò Emma – "Bisogna essere sagaci per essere in grado di spiegare tutto semplicemente e brevemente, e tu lo sei!"

---

[65] Emanuel David Ginobili, detto Manu (Bahia Blanca, Argentina, 28 luglio 1977) è un giocatore di basket argentino, considerato come uno dei migliori giocatori non americani di tutti i tempi. Insieme all'americano Bill Bradley, è l'unico giocatore ad aver vinto, nella storia, l'Eurolega, il titolo NBA e la medaglia d'oro alle Olimpiadi.

"Non dimenticarlo mai" – aggiunse.

A quel punto Paul la abbracciò e continuarono a guardare la partita, sorridenti.

*

Paul aveva già preso posto al suo solito tavolo del *The Lord Moon of the Mall* da un paio di minuti quando anche Emma fece il suo ingresso nel pub.

A differenza del suo fidanzato, lei non era una cliente abitudinaria del locale, preferendo frequentare quelli lungo la riva del Tamigi, le volte in cui si trovava a Londra.

"Ehi, cosa è successo?" – chiese Emma, leggermente preoccupata.

"Ho pensato tanto ai viaggi, per dare un senso al tutto e capire come risolvere la situazione" – rispose Paul – "Hai presente i tre oggetti ricorrenti?".

"Sì, certo" – disse lei – "Il tuo kit da lavoro: la mia stilografica, il blocco per gli appunti e il portamine".

"Bene" – replicò lui – "Come sai ho ritrovato questi oggetti durante i miei tre viaggi nel tempo; mi viene da pensare che ci sia un collegamento tra il portamine e il viaggio in cui ho incontrato mio nonno".

"Cosa ti preoccupa degli altri due?"

"Erano due persone che non avevo mai sentito nominare" – rispose lui – "Un tale giornalista inglese, con le iniziali che sono quelle dei nostri due nomi, e un tedesco, con le iniziali 'HAS'".

"Perché pensi che le iniziali possano essere la chiave?"

"Per l'importanza che ha avuto Berlino in tutto ciò" - replicò – "E a Berlino le iniziali erano le nostre".

"Ok, ma che c'entro io?"

"Perché sei stata tu, più di tutti, a spingermi ad andare avanti, convincendomi di non avere paura e di continuare ad essere curioso!"

Paul continuò: "La chiave, quindi, potrebbe partire da te… Ed è per questo che voglio ragionare con te".

What Kind of Day Has It Been?

"Da me?"

Emma continuava a essere dubbiosa, finanche incredula, sull'ipotesi formulata da Paul.

"Non credere, sono dubbioso anch'io" – rispose Paul – "La *tua* stilografica e l'incontro a Berlino, con le nostre iniziali, sono l'unica cosa a cui riesco a dare un minimo di senso".

Si guardarono perplessi. Dare un senso agli ultimi sette mesi della vita di Paul, a quei viaggi che ne avevano condizionato la personalità, la sua passione più grande e anche il suo lavoro, era ormai fondamentale.

Sul piccolo tavolo del *The Lord Moon of the Mall*, distante da quello che solitamente Tom Blauer gli riservava –in quel momento occupato da una famiglia di chiassosi turisti, impegnati nel consumare avidamente le loro porzioni di *English Breakfast*– Paul ed Emma stavano continuando a leggere ripetutamente gli appunti che Paul aveva scritto durante i suoi viaggi, sperando di capirne qualcosa.

"Ok, pensiamo agli altri due incontri..." – disse lei – "Cosa ti viene in mente su quello di Rio?"

"Le iniziali" – rispose lui – "Le sue iniziali, erano ovunque... Devono essere la chiave."

"Ok, in che senso le lettere *HAS* potrebbero rimettere tutto a posto?"

"Per chiudere un viaggio ho sempre dovuto scrivere *The Game is Changed*, no?" – replicò Paul – "E se quest'incontro mi suggerisse di scrivere *has changed*?"

Emma sorseggiò un po' del suo caffè, ormai tiepido, e rispose convinta: "Nel senso di tracciare una differenza tra un qualcosa che ha conseguenze anche sul presente e un qualcosa che le ha su un periodo delimitato di tempo?"

"Sì, in linea di massima sì" – annuì Paul – "È un'idea forzata, ma secondo me provarci potrebbe valerne la pena".

"Ok, ma seguendo questa teoria quale sarebbe la chiave dietro l'incontro con tuo nonno?"

Fu in quel momento che il flusso di coscienza, che sino a quell'istante scorreva continuo dentro la mente di Paul, si interruppe.

Riuscì a trovare una logica, riflettendoci a mente fresca, sia all'incontro con Phillip Edwards a Berlino che a quello con Hans Adolf Schmidt a Rio.

Tuttavia era proprio quello con Paul Andern, suo nonno, che restava un rebus irrisolto.

Anche perché l'incontro avuto con lui a Monaco non fu particolarmente fecondo d'indicazioni, e quelle poche ottenute erano state difficili da carpire anche per mezzo di un linguaggio non verbale, come, al contrario, era avvenuto a Rio.

Stringendo tra le sue dita il suo portamine, però, Paul ripensò alla giornata il nonno glielo aveva regalato.

Il primo giorno "da grande", il primo all'Università. Ricordò le sue parole d'incoraggiamento, di come la scrittura fosse la chiave di tutto, di tutta la sua vita.

Rifletté a lungo su quelle parole e su come poteva provare ad applicarle alla situazione.

Il suo occhio calò casualmente sul menu del locale, che riportava una dicitura d'avviso ai clienti "il seguente menu è soggetto a modifiche continue".

Quella frase, banalissima all'apparenza, ebbe l'effetto di illuminargli la mente, come una lampadina che si accende all'improvviso.

"Andern in tedesco significa cambio, modifica" – disse, con voce squillante.

Ripensò alle parole di suo nonno.

Non a quelle di Monaco, ma a quelle del primo giorno a Canterbury, che accompagnarono la consegna di quel portamine che tanto l'aveva turbato sin dal primo flash di Monaco.

"Il cambio è nel nostro destino" – continuò Paul, quasi incurante dei dubbi di Emma.

"È questa la chiave?" – rispose lei.

"Penso di sì!" – replicò lui – "Cioè, davvero può bastare cambiare la frase di chiusura?"

*

La maestosità delle due torri antistanti all'*Olympiastadion*, dove tutto ebbe inizio, fu il segnale che Paul si trovasse nel posto giusto, di nuovo nella Germania pre-bellica.

L'orologio posto sul ciglio del piazzale indicava stavolta la data del 5 agosto, che Paul sapeva corrispondere, tra le altre cose, alla finale dei 200 metri piani maschili.

La terza fatica di Jesse Owens.

Il posto in cui si sedette in tribuna stampa fu lo stesso dal quale, il "giorno prima", aveva assistito alla vittoria di Luz Long nel salto in lungo.

Accanto a lui notò la sagoma di Phillip Edwards, impegnato nel prendere appunti per redigere il pezzo.

Fu a quel punto che, osservando gli altri giornalisti attorno a lui scrivere incessantemente, che la sua mente elaborò un'idea per "mettere tutto a posto".

"E se lasciassi qui un *recap* della *vera* storia?" – pensò tra sé e sé.

Pensando e ripensando, rifletté sulle parole di suo nonno e su come il destino di quella vicenda potesse davvero essere dentro la scrittura.

Fu così che iniziò a scrivere una pagina di giornale interamente dedicata alla descrizione delle quattro vittorie di Jesse Owens: i 100 metri, il salto in lungo, la staffetta 4x100 metri e quei 200 metri che, nella Berlino *alternativa*, stavano per partire di lì a pochi minuti.

Allo sparo dello starter lo stadio esplose in un boato, incitando incessantemente i sei finalisti.

Centodiecimila persone, tra pubblico pagante, autorità e giornalisti, stavano seguendo con attenzione i ventuno secondi abbondanti in cui, ai tempi, si svolgeva un mezzo giro di pista.

Per quanto poteva immaginare, Paul Stephenson era l'unico a non prestare attenzione a quella gara, che vide Owens arrivare terzo, dietro l'olandese Osendarp (che abbinò i 200 metri all'oro già vinto sui 100) e lo svizzero Hanni.

Owens precedette, di appena un decimo, l'altro americano Robinson[66], con un tempo inferiore dei turni precedenti,

---

[66] Matthew MacKenzie Robinson, detto "Mack" (Cairo, Georgia, 18 luglio

quando entrambi gli atleti statunitensi ne avevano registrato uno valevole per il record olimpico.

I minuti continuarono a passare, e la gara ormai conclusa si avvicinava alla cerimonia di premiazione, quando Paul terminò il suo articolo e lo lasciò in bella vista sul suo scrittoio. Appuntò, sul suo taccuino, la nuova frase.

Quei brevi e quasi impercettibili segnali che si manifestavano attimi prima di ogni ritorno nel presente, arrivarono quasi contemporaneamente al momento in cui la sua mano terminò di scrivere *changed*.

*

L'accogliente e casalinga atmosfera del *The Lord Moon of the Mall* accolse Paul qualche istante dopo, e il sorriso di Emma gli fece capire che, anche nel presente, il tempo non era passato.

A quel punto fu quasi immediato, per Paul, spiegarle cosa fosse successo a Berlino, anche prima di verificare se, effettivamente, l'atletica era tornata *come prima*.

1914 – Pasadena, California, 12 marzo 2000) è stato un velocista americano, medaglia d'argento nei 200 metri a Berlino 1936. Fu fratello di Jackie Robinson, noto per essere stato il primo afroamericano nella storia a giocare nella Major League Baseball (MLB).

Gli bastò una rapida ricerca sul suo cellulare per capire che, effettivamente, tutto era tornato normale per quella che è da sempre considerata *la Regina delle Olimpiadi*.

Rimaneva da *rimettere a posto* anche calcio e basket, e da tornare a Rio de Janeiro e nuovamente in Germania, questa volta nella Monaco del 1972.

Di nuovo, Paul lasciò poco spazio all'emozione di ritrovarsi in quei passati per certi versi stupefacenti.

Il calore smodato dei tifosi brasiliani che affollavano il Maracanà, o il più moderato tifo che accompagnava la tensione che gravitava attorno alla finale dell'*Olympische Basketballhalle*, non impedì più di tanto a Paul di concentrarsi e scrivere quei due articoli necessari a ristabilire il corretto ordine delle cose.

In entrambi i casi, però, cercò di farlo rapidamente, prima della fine delle partite, così da poter ammirare, a pezzi finiti, quelle atmosfere speciali e quei passati particolari, non sapendo quando e se avrebbe mai avuto la possibilità, o se avesse scelto, di rivivere quei passati alternativi.

Per uno come lui, così appassionato di sport e della sua storia, la possibilità di rivivere nuovamente momenti così tanto epici era un sogno.

Tuttavia, il fatto che negli ultimi mesi questo sogno si fosse quasi tramutato in una sorta di incubo, non aveva impedito che, una volta trovata una potenziale soluzione, Paul potesse essere in grado di "godersela".

Il potere di assistere nuovamente al Brasile campione del mondo nel 1950 o agli Stati Uniti del basket ancora imbattuti in questa disciplina dopo l'Olimpiade del 1972, e il potere di assimilare il destino alternativo di quei due eventi, quasi lo condizionò nel raccontare *la vera storia*.

Infatti, fu soltanto dopo avere goduto appieno di quei momenti che Paul riscrisse, per la seconda e terza volta, la nuova frase per tornare nel presente.

*

Il gennaio 2018, cui Paul apparteneva, era andato avanti solo di una manciata di minuti, e in entrambi i casi il ritorno al pub, con Emma al fianco, fu normalissimo, come se nulla fosse cambiato.

Ma, subito dopo entrambe le sue spedizioni, a Paul bastò una rapida ricerca online per rendersi conto che tutto era tornato ad essere normale.

L'avere modificato il passato alternativo aveva fatto sì che il presente, e la storia dello sport complessiva, fossero tornate ad essere quelle che Paul aveva conosciuto nei suoi trentotto anni di vita.

*

È insolito che Londra sia in grado di regalare un sole primaverile nel bel mezzo di gennaio, ma forse era destino che quella giornata dovesse essere perfetta.

Erano ormai passati due anni da quella fredda mattinata in cui il passato era *tornato a posto*, e la vecchia libreria di Trafalgar Square che Paul tanto amava avrebbe ospitato, di lì a pochi minuti, la presentazione ufficiale del libro che Paul aveva scritto per raccontare gli otto mesi più lunghi della sua vita, spesi tra presente e passato.

Lo spazio eventi era pieno traboccante di gente, molti erano addirittura in fila fuori dal negozio sperando, quantomeno, in un autografo dell'autore.

Quel libro che aveva raggiunto il vertice di tutte le classifiche di vendita, frutto di una campagna stampa che aveva portato Paul a presentarlo anche nei programmi televisivi di sei paesi, tra cui gli Stati Uniti.

Il *Guardian*, nonostante Paul fosse rimasto legato in quei due anni al concorrente *Daily Telegraph*, lo aveva già nominato "libro dell'anno", anche se era stato pubblicato soltanto a gennaio.

Quando lo speaker annunciò il suo nome, invitandolo ad avvicinarsi al piccolo podio allestito per l'evento, Paul Stephenson era ancora nello stanzino di servizio, quasi intimorito dalla moltitudine di persone accorsa per sentirgli raccontare di *Gamechanger* e delle sue avventure nel passato di quegli eventi sportivi così affascinanti.

"Amore, sei pronto?"

La tenera voce di Emma precedette il suo ingresso nello stanzino. Paul si girò, e sorrise quando il suo occhio involontariamente cadde sull'anulare della sua mano destra.

Il bellissimo anello nunziale, comprato quasi interamente con i soldi dell'anticipo per il libro, brillava come il giorno in cui, nove mesi prima lo comprò.

Emma Scott non esitò un istante a rispondere "sì" quando, di ritorno da un breve viaggio a Tokyo, dove Paul era andato per vedere le strutture che di lì a breve avrebbero ospitato una nuova edizione dei Giochi Olimpici, lui le aveva chiesto di sposarlo. Lì dove tutto ebbe inizio: in quel bar di Canterbury dove si conobbero la prima volta.

"Sì, adesso sì."

La sola visione di Emma rassicurò Paul, dandogli la forza necessaria per affrontare il pubblico e portare a termine una bellissima ed emotiva presentazione.

Un paio d'ore dopo, finito anche l'affollato firma copie, Paul fece per uscire dalla libreria, quando gli si avvicinarono due giovani ragazzi.

"Signor Stephenson?" – fece uno dei due.

"Sì, volete una dedica particolare?" – rispose Paul, notando che entrambi avevano in mano una copia del libro.

"Non esattamente" – rispose quello che prima richiamò la sua attenzione – "Mi chiamo Patrick Edwards; Phillip Edwards era il mio bisnonno".

"Mentre Hans Adolf Schmidt era mio nonno" – disse, accodandosi, l'altro ragazzo, che si presentò come Herbert Schmidt.

"Siamo compagni di Università, e ci tenevamo a fare la sua conoscenza" – disse Patrick – "Ci siamo documentati su di lei sin da quando uscirono le prime anticipazioni del libro, con le storie che riguardavano i nostri antenati e ci interessava saperne di più su di loro".

"Posso fare qualcosa di più" – disse Paul, prima di allungare la sua mano all'interno della sua borsa, dalla quale estrasse la sua stilografica e il suo taccuino di pelle.

"Questi sono due dei tre oggetti con cui ho viaggiato nel tempo, e sono i due oggetti che nel passato ho ritrovato associati ai vostri antenati" – continuò – "Mi sembra giusto che li abbiate voi".

Patrick e Herbert rimasero sbalorditi ed emozionati e, dopo che Paul insistette per scattare un paio di foto con entrambi, lo ringraziarono calorosamente scambiandosi anche i contatti per incontrarsi in futuro.

Finita la presentazione, e salutati entrambi, Paul ed Emma si incamminarono lungo Whitehall.

Il sole stava ormai volgendo al tramonto, e Paul estrasse dalla sua borsa il suo prezioso portamine, porgendolo a lei.

"È il terzo oggetto, e deve essere tuo" – disse lui – "Perché sei stata tu ad aiutarmi in questa avventura, a trovare la chiave di tutto".

La baciò. Fu uno di quei baci magici, capaci quasi di interrompere il tempo.

Entrambi, abbracciati, si rincamminarono, amalgamandosi perfettamente nell'andirivieni di persone che popolavano Whitehall alla fine di un'intensa giornata lavorativa.

I rintocchi del Big Ben scandirono le sette di sera e, giunti ormai sul Westminster Bridge, Paul guardò l'orizzonte mozzafiato del Tamigi e dello skyline di Londra, illuminato a sera ma ancora in grado di regalare i colori del giorno.

E ripensò, ancora una volta a quanto, in quei due anni della sua vita, *The Game Has Changed*.

Ringraziamenti

Il ringraziamento principale va a coloro che mi hanno supportato nella stesura di questo libro: il magnifico lavoro fatto da Oscar Frizzi nella creazione della bellissima copertina e l'attenta cura di Federica Torriero nella revisione dell'intero racconto sono il motivo principale per cui questo libro ha visto la luce.

Sono tantissime le persone che mi hanno ispirato nello scrivere questa storia, e se in pochi sono quelli "direttamente" citati, ciò non toglie che idealmente il libro è dedicato a tutti loro.

In particolare il mio ringraziamento va alle mie due famiglie, quella *nativa* italiana e quella *acquisita* lungo il cammino in Uruguay, a coloro che prima di tutti mi hanno spinto nel perseverare nei miei sogni.

Gamechanger è frutto anche dell'amore di tutte quelle persone che, nel corso degli anni, mi hanno dimostrato attraverso la loro amicizia, un appoggio incondizionato nell'aiutarmi a inseguire gli stessi sogni.

Infine, il libro è dedicato alle due persone che mi hanno ispirato soprattutto nella creazione del personaggio di Paul Stephenson: Paul Dwyer e Paul Majendie, fondamentali nell'anno più consolidante della mia vita, quello che mi ha dato più forza e costanza di tutti nello scrivere.